茉莉芬芳

台资企业的党委书记

李春雷　著

江苏人民出版社

非公企业党组织要在职工群众中发挥政治核心作用，在企业发展中发挥政治引领作用。在企业，党的建设不能够离开企业的生产经营活动，一定要紧紧围绕企业中心任务，对企业发展起促进作用。怎么促进？就是宣传贯彻党的路线方针政策，维护职工群众合法权益，积极推进企业先进文化建设，还有就是通过企业党组织和党员创先争优推动企业发展。

——习近平 2012 年在会见全国非公企业党的建设工作会议代表时的讲话

2010 年 5 月 7 日，陈惠芬在苏州市非公企业党建论坛上发言。

2011 年 9 月，陈惠芬获“全国优秀党务工作者”称号。

目　录

引　子

……

好一朵茉莉花

好一朵茉莉花

芬芳美丽满枝桠

又香又白人人夸

让我来将你摘下

送给别人家

茉莉花呀茉莉花

好一朵美丽的茉莉花

好一朵美丽的茉莉花

满园花香香也香不过它

我有心采一朵戴

又怕旁人笑话

我有心采一朵戴

又怕来年不发芽

……

——摘自江苏民歌《茉莉花》

到台资企业报到的第一天，陈惠芬哭了。

在这个世界上生活了 43 年，她还从未受到过如此的“屈辱”。

这些天来，纵然已经无数次地听说过、想象过台资企业如何地效仿日本企业，机械无情，管理严苛，但她仍然没有想到自己的境遇果真如此：在生活中彬彬有礼、见面鞠躬、满脸微笑的台湾人，一旦进入岗位，立马变态。他们的脸，竟然像门板一样。不，像钢板一样。

在此之前，她是昆山市一家中型国企的副总经理，待遇丰厚，环境舒适，人人羡慕。而现在，似乎只是眨眼之间，她就变成了台资企业里一个小小的、无足轻重的打工仔。

这一天，是 1996 年 12 月 3 日。

朋友，您知道昆山吧。

听到京剧，您自然会想到昆曲。说到昆曲，便是昆山了。

抑或,您听说昆山是通过经济频道。当今的人们啊,谁不爱富、美富、追富呢。那么,中国最富庶的地方在哪里?

答案,就是她!

说到昆山,人们自然又会想到昆仑山。或许,那曾经是昆山人的愿望和梦想。

真实的昆山,原名玉峰山,海拔只有80米,就在昆山城内。可不要小看这座低矮的山丘,因为只有在这里,能够出产世界上一种最稀缺的奇石——昆石。而极品昆石的价格,十倍于黄金。

昆山,的确是一个奇特的地方。

说起来,藏身上海背后的昆山,比上海的历史要悠久得多。

2003年,考古学家在昆山北部发现了耕种历史在6000年以上的水稻田。作为长江三角洲发现的最古老的稻田,它比日本弥生町发现的最早稻田还要年长3000岁。

这些稻田精耕细作的复杂技艺表明,苏州南部可能是人类历史上农耕技术的发源地之一。这片土地上积淀的悠久文明,与美国近350年的垦荒史,是绝不可同日而语的。

昆山的原名为娄县,自秦代实行郡县制,娄邑就居身其列。

娄县源于娄江。娄江是太湖唯一的出海通道，更是昆山的母亲河。娄江进入太仓境内，改名浏河，嫁与东海。而浏河口，便是郑和七下西洋的首发地——浏家港。

小小一隅，连通世界呢！

昆山有三宝：昆石，琼花，并蒂莲。当然，这都是自然之美。

昆山，更有人文之美。这里，除了诞生中国的百戏之祖、国戏京剧的前身——昆曲，还培育了众多人杰，比如，明清两代最有财富的人——沈万三，最有文才的人——归有光，最有骨气的人——顾炎武等等。这其中，还有一位，中国古代最有智商的人——祖冲之。

公元 464 年，祖冲之上任娄县县令。正是在这里，他把当时世界上最抽象的数学难题——圆周率计算到了小数点后七位，领先世界上千年。

这实在是古代最聪明的大脑！

莫非，他的大脑便是电脑的前身？

说到电脑，“世界电脑大王”——王安，也是昆山人。

王安的名字，在世界 IT 界，堪与比尔·盖茨、乔布斯相媲美。

而，更让人惊讶的是，本文主人公与王安便是一条街道上的邻居。而她所供职的企业，更与 IT 有关。

其产品,便是电脑之芯。

……

事情是这样的。

1996年前后，以台资为主体的江苏省昆山市外向型经济，借助改革开放政策，特别是邓小平视察南方讲话的春风富氧，开枝散叶，蓬勃发展，已达2000余家，成为非公经济的一大亮点，引起世界关注。

与此同时，另一个问题出现了。虽然这些企业的工商、税务管理等等已经纳入正轨，但中国共产党的政治优势——党建工作如何进行?

这是一个大大的空白，这是中共建国之后面临的一个全新的课题!

是啊，非公有制经济是相对于公有制经济而产生的一个专有名词。它是中国大陆现阶段除了公有制经济形式之外的所有经济结构形式，主要包括个体企业、私营企业、港澳台资企业和外资企业。

毋庸讳言，非公企业的所有权均属于投资者。投资者的最大愿望就是经济回报，赢利是其第一目标。尤其外资企业，它们由境外人为主体投资和管理，招聘的虽然大多是大陆员工，还有中共党员，但施行的却是国外的管理模式。它们的大量发展，会带来什么呢?

随着改革开放政策的深入发展，中国大陆上的非公企业，正在越来越密集起来，除了关乎国计民生的特殊重大行业之外，其他领域都在国退民进，非公企业的数量已经大大超过国营企业，大陆的经济比重将更多地由它们来承担。

这是中国大陆市场经济进一步发展和繁荣的最重要组成啊，这是中国大陆经济融入世界市场的必由之路啊。

可是，面对这类企业，执政党的党建工作应该如何进行？

能够放弃吗？

那是万万不可能的！

特别是非公企业中的外资及台资企业。这些年，外商及台商投资，特别是外商及台商独资企业越来越多，这部分企业更加特殊。

这是一个必须重视的大问题！

这是一个亟待探讨的大问题！

这更是一个必须解决的大问题！

昆山，作为改革开放的先行区——长江三角洲的次亮点，已经最早地开始重视这个问题了。

在此之前，昆山市委组织部和昆山经济开发区党工委曾经尝试在这些企业成立党委或党支部，同时筹建工会组织，并选派国企中思想坚定、工作突出的优秀党员干部，到外资及台资企业任职。但不久之后，因为水土不服、理念差异等种种原因，一部分人没有坚持下来。

但是，这项工作总要进行下去啊。

于是，决定派出第二批。

可，谁去做领头羊呢？

首先，想到了她——陈惠芬。

陈惠芬，女，43岁，时任昆山市热电公司副总经理。

是的，热电部门，在社会上人人羡慕。陈惠芬已经在此工作多年，从小职员干到企业高管。她是公司的“二把手”，有专车，待遇高，环境舒适，轻车熟路。

中等个头，清秀儒雅，热情开朗，满脸微笑，懂业务，善经营，一个典型的南方女强人。多少年来，她是昆山市基层党委系统有名的先进分子，尤其她所负责的党建和工会工作，红红火火，芳香四溢。

1996年11月下旬的一天，昆山经济技术开发区党委负责人试探着找她谈话，希望她能去昆山市最大的台资企业，也是大陆印制电路板行业的领跑者——沪士电子股份有限公司开展党建工作。

她一愣，为什么要找我呢？而且要派往那样的地方。

她的第一个反应就是，组织上对我的工作不够满意吗？

在此之前，她曾经听说过，一批派往外资及台资企业的党员干部，由于水土不服等原因，退回来了，似乎是打了败仗。

但是，当负责同志向她反复说明组织的忧心和决心后，她没有再说什么，只是答应考虑一下。

是的，她必须要慎重地考虑一下。她的独生子明年就要参加高考了，需要格外照顾。她的母亲早逝，作为唯一的女儿，她早就答应为年近八十的老父亲营造一个幸福的晚年。最近，她用全部积蓄购买了一套128平方米的新房，正在装修，准备把父亲接过来，晨昏照顾。

理想的幸福生活，正在向她微笑、招手。作为一个温柔、善良的中年女人，似乎这里才是她最合适的位置和归宿。

当天下午，她通过朋友关系，寻找了一个合适的理由，独自参观了一下这家著名的台资企业。

这是一家与大陆企业完全不同风格的大型IT企业，主产高端PCB（印制电路板），产品广泛应用于通讯设备、云端计算、汽车、航空航天等领域的心脏部位，产品全部出口，主要客户有摩托罗拉、诺基亚、西门子、思科、华为等国际著名大型企业。这是她没有想到的。

而花园式的厂区，现代化的厂房，一尘不染的车间，精密的自动化流水线，高度严格的现场管理，滴水不漏的质量监控，更是她没有见过的。

这才是真正的大工业，这才是真正的现代化！

面对这一切，她沉思良久，心底泛滥着一种特殊的感觉。

最让她没有想到的是，时下大陆市场上最流行的原产美国芝加哥的摩托罗拉手机，其核心内芯竟然有一部分就产自这里。而她正在使用的手机，恰恰就是这一款。

真是一个全新的世界!

第二天上午，她主动找到昆山经济技术开发区党工委负责人，答应去试一试。

党组织，惊讶地张大了嘴。

党组织没有想到，她是一个温柔善良的女人，却又是一个倔犟执著的女人，一个勇于接受挑战的女人。她，更是一个责任心高于自尊心、事业心大于好奇心的党的干部。

总之，她是一个忠诚的党的女儿。

只是，她——陈惠芬，万万没有想到，她选择的和面对的，是一条怎样漫长的艰辛之路……

像一棵小树，能适应这片土壤吗?

像一流小溪，能融入这片土地吗?

且让我们看一看，她的苦恼，她的曲折，她的喜悦……

1987年,台湾当局开放民众赴大陆探亲政策,两岸关系有限开放,经济关系悄悄冰释。

1992年,邓小平视察南方讲话之后,两岸经贸迅速升温,部分小微台商开始到大陆试水。最初,他们以美国、加拿大或日本企业的名义,在大陆注册公司。当时的投资以劳动密集型产业为主，主要是纺织成衣、制鞋、皮革加工、塑胶制品等等。“台湾接单，大陆加工，香港转口，海外销售”是最基本的运营模式。

毕竟都是黄皮肤黑头发的中国人，兄弟相亲，血浓于水。很快，台商们就感到了大陆政策的稳定和真诚，纷纷公开自己的真实身份。

据统计，截至1993年6月，台资在大陆的投资总额已达20.3亿美元。

第一章

咱们的党代表

20 世纪 90 年代之前的昆山,远远地躲在上海的背后,是一个不折不扣的丑小鸭。

作为苏州市下辖的一个最贫穷的农业县,昆山只是种植水稻、小麦、油菜。乡土树种呢,只有杨树、柳树、榆树、槐树和楝树,县城的景观树只是梧桐。

1953 年 12 月,陈惠芬生于昆山县城。

小时候,她的家就住在娄江北岸。

娄江真美啊,尤其在春风沉醉的晚上。一轮圆月高悬,盈盈河水仿若碧玉,弥漫着清甜的水汽。河上有一座玉龙桥,桥面横横竖竖,桥孔方方圆圆。桥洞下缓缓逝去的流水仿佛迷失的时光,月光中慢慢拉长的树影好像定格的记忆。突然,一只夜鸟扑喇喇掠过水面,惊起一条肥美的鱼。远处,是玉峰山黟黟的影子,和一缕缕悠闲的、稀薄的钟声。

娄江,还是小城人的直饮水。每天凌晨,天蒙蒙亮,小城的男人们,相约似的,赶在女人们洗衣之前,挑水。回到家里,倒入水缸,撒一簇明矾,搅动一下,稍许沉淀,便可煮饭、泡茶、酿酒……

河的对岸是农田。春天的油菜花,一片黄金。

下午放学后,刚刚上小学的她,挽着竹篮,偷偷地爬进去,拔青草,交生产队积肥。她是学校的小班长。护田的农民跑过来,驱赶。她扒在里面,吓得瑟瑟发抖,像小刺猬。直到人影远去了,她才爬出来。

蓦然发现，竹篮已被农民踩扁了。

她嘤嘤地哭了。

此时的夕阳，如同一个没落的君王，在变幻的云层中颠沛流离，进行着最后的抵抗。天空，正在颓败为一派撕心裂肺的灰黄。

她擦擦眼泪。手提夕阳，回家去。

她不知道，这一片油菜花覆盖的金黄农田，竟然就是她成人后的供职之地，更是寄寓她生命和事业的平台……

1. “台湾”奇遇

● 陈惠芬惊呆了：大办公室里，居然有几十个人。而她的办公桌椅，竟然是两人共用。

● 看着面前的求职申请表，一股无名大火在心底熊熊燃烧：我是打工仔吗？我是来求职吗？

那一天，她是独自前去报到的。

20 世纪 80 年代末开始，特别是邓小平视察南方讲话之后的 90 年代初期，身处长江三角洲腹地且毗邻上海的昆山市，以其特殊的地理位置和热情招商，吸引了数千家外资及台资企业入驻。一时间，凤凰来归，蔚然成风。而这些企业中，尤以台资企业为主，约占 90%。

昆山，成为中国大陆台商最集中的地方，由此被称为“小台湾”。

沪士电子股份有限公司，就是第一个落户昆山的大型台资企业。

沪士电子创始人吴礼淦先生，原籍湖北天门，1942 年生于上海，在黄埔江边度过童年，父亲是当时有名的“棉花大王”。1949 年 5 月，上海解放前夕，舅舅用腋下夹住他，惊惶失措地爬上飞机，逃往台湾。大陆，留在他脑海里的，是一片破败和恐慌。

吴礼淦毕业于台湾大学化学系，后留学美国，对电子通信尤感兴趣，钻研颇深。1978 年，他和夫人一起在台湾高雄市创办楠梓电子有限公司，专门从事双面和多层高级印刷线路板的制造和加工。

经过十多年奋斗，楠梓公司终于成为台湾一家著名企业，并于 1987 年上市，在国际上渐有名气。

上世纪 80 年代末，在国共两党的默默推动下，两岸关系悄然冰释。加上思乡情切，叶落归根，更重要的是台湾当局在环保方面施加的巨大压力，年过五旬的吴老板，把目光瞄向了大陆。

关于这个问题，我们甘苦自知，喜忧参半。难道台湾经济繁荣，重视环保之后，涉嫌污染的企业就应该向后发展的大陆地区转移吗？难道后发展地区就必然要承受这种代价吗？就像大陆西部地区承接东部地区的高耗能、高污染企业那样。但这是无奈的事情啊，这是后发展地区的被动和代价啊。这是一个必然的过程和宿命吗？当然，这是另一个话题了，本书不表。

但是，楠梓的回归之路并不顺畅。由于楠梓集团在台湾颇具影响，且是上市企业，台湾当局限制迁移。鉴于此，吴礼淦先生毅然决定主动撤出楠梓，用另一笔资金在香港重新注册一家公司——沪士电子股份有限公司，决计返归故乡。

沪士者，吴氏也。

1992 年，他在大陆考察了几个城市之后，最后选定昆山——在城区东南面的一片油菜花田里创业。

关于这其中的故事，著名作家杨守松的长篇报告文学《昆山之路》中有一段形象的描述。

沪士电子正式注册后，第一期投资规模即达 3600 万美金，这是当时昆山市投资额最大的台资企业。

作为台湾地区来大陆投资的第一家上市公司，沪士集团落户昆山后，受到江苏省、苏州市和昆山各方面的高度重视和支持。

自然，从规划之日起，沪士电子就定位于国际一流企业。其设备全部从日本松下、日立公司进口，产品全部外销。第一批操作工，经过精挑细选，全部是来自大陆各地的大学生或职专生。上岗之初，完全按照台湾地区和日本的管理模式，进行军训。每一个关键岗位，全部由台湾人亲自把持，俗称“台干”。

1995 年，沪士电子正式投产，月营业额 3000 万元。仅仅一年之后，月销售便接近一个亿。员工人数更是从最早的 300 人，迅速增加到 800 人，1000 人……

到陈惠芬进来时的 1996 年底，公司已经拥有 1200 多名员工。

毋庸讳言，沪士电子集团是一家典型的家族式台资企业，其高管和中层干部均为台湾人，对生产和经营的全过程更是实行日本式和台湾式的严格管理。

董事长吴礼淦，由于自小生活在台湾，又在美国留学，且多与欧美企业打交道，所以对大陆的社会管理体制，特别是风土人情，缺少深层了解。前些天，当昆山经济技术开发区党工委的负责人向他讲明要派驻党支部书记并建立工会组织时，他马上怔住了。

开发区党工委负责人告诉他，这是政府维护外商及台商根本利益的一项长期政策，也是大陆特色。他的心里仍是半明半昧，只好无奈地答应了。

大陆的很多事情，他一知半解地听说过。说实话，对大陆很多家企业的生产和管理方式，他不敢恭维。对大陆社会上的一些不正之风，他也感到匪夷所思。他或许认为，官方派遣党支部书记，是在安插私人，甚至是在安插底线吧。

在他的心目中，大陆企业里共产党组织的形象和作用，甚至还停留在国民党在过去宣传中的模样，即 1949 年前的中共地下党，专门发动工人，搞游行，闹罢工，甚至进行破坏。而工会组织，作为替工人争取权益的独立机构，在台湾地区、日本以及西方国家的企业里，与投资者是“对立”关系，类似反对党，并不受资方欢迎。

他是一个纯正的企业家，专心于企业和技术，对党派和政治不感兴趣。所以，身为一家享有国际声誉的上市公司老板，虽然台湾一些高层人士曾经多次试图劝说他加入国民党或民进党，但他都没有答应。

所以，说实话，最开始的时候，对于中共给自己企业派驻党支部书记这件事，他内心是抵触的。

所以，当陈惠芬前来报到时，他的态度是冷淡的。

他静静地看着陈惠芬，客气地说了几句话后，便让自己的特别助理徐汉忠领着她，去找主管副总经理李明贵，办理相关手续。

李明贵是一名国民党党员。

他 1957 年生于台湾屏东县，台湾大学金融系毕业，后服兵役，期间加入国民党。 退伍后，他跟从吴礼淦先生创业，同心协力，形影相随，被称为吴的干儿子。

李明贵高高的个头，机警的眼光，有一种台湾人特有的精明与孤傲。

他冷静地看着陈惠芬，问：“你们的党支部书记是干什么的？”

在台湾社会生活中，建立和加入党派组织，是私人信仰，官方和企业方面不加干涉，但在企业里公开建立党组织是不允许的。 因为所有人都是我的雇工，大家是来为我创造利润的，在工作时间不得有任何别的活动。 不仅不提供场地，而且还会因为耽误工作时间，而遭解雇。 虽然大陆方面向他们说明，共产党在大陆是执政党，在企业建立党组织是为了更好地与资方沟通，从而保证企业顺利发展。 但他们根本没有这个概念。 他们会问：这是否国际惯例，有无法律依据？ 如果能建共产党的支部，那么能否建一个民进党的支部，或国民党的支部？

另外，如果在企业内部建立中共党支部，他们担心在台湾本土的人缘关系会受到影响。

陈惠芬客气地微笑地回答着，解释着。 但对方，没有多少兴趣。

李明贵淡淡地说：“我出生在台湾，不了解这些。”

说完，拿起电话，叫来人力资源部经理。

陈惠芬被领到一间宽大的办公室，几十个人，大多是司机和勤杂工。

人力资源部经理是一位台湾人，客套的职业微笑之后，照例是严正的冷静。他指着角落里的一张桌子，说：“这就是你的办公桌，和陈师傅共同使用。”

陈惠芬惊呆了：居然是两人共用一套办公桌椅。

同桌的陈师傅名叫陈惠珍，是一名女司机。陈惠珍冲她点点头，伸出手，表示欢迎。

陈惠芬的脸上仍是微笑，心底却已坠入黑夜里。

她马上告诫自己，批评自己。于是，她强忍着自己，冲着人力资源部经理笑一笑，又冲着大家笑一笑，特别是对自己的同桌，说：“好啊，我们的名字只差一个字，好像是姐妹，看来是缘分啊。”

这时，人力资源部经理拿出一张“工作申请表”，让她填写。

她简直气极了，我是来找工作的吗?

她再次强忍住怒火，微笑着问：“我要填写吗？”

经理严肃地说：“是的，必须要填！这是公司的规定。”

她没有说话，只是平静地看着经理，看着“工作申请表”。那完完全全是一张打工者的求职申请表，各种表格里除了求职者必须填写的信息，最明显的栏目，就是询问打工者意愿，希望上“小夜班”还是“大夜班”？“希望待

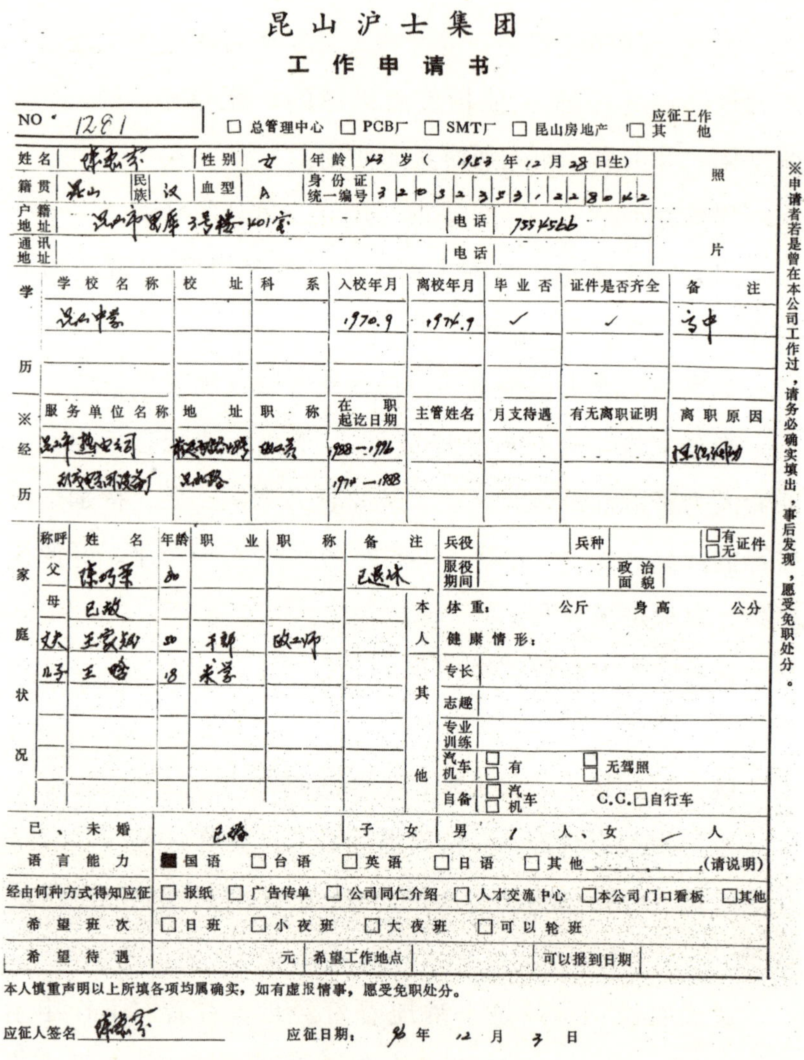

昆山沪士集团

工作申请书

NO · 1281　□总管理中心　□PCB厂　□SMT厂　□昆山房地产　应征工作 □其他

姓名	陈惠芬	性别	女	年龄	43 岁（1953 年 12 月 28 日生）	照片
籍贯	昆山	民族	汉	血型	A	身份证统一编号 320323531122802
户籍地址	昆山市[illegible]3号楼401室			电话	7554566	
通讯地址				电话		

	学校名称	校址	科系	入校年月	离校年月	毕业否	证件是否齐全	备注
学历	昆山中学			1970.9	1974.9	✓	✓	高中

	服务单位名称	地址	职称	在职起迄日期	主管姓名	月支待遇	有无离职证明	离职原因
※经历	昆山市[illegible]公司	[illegible]	[illegible]	1988—1996				[illegible]
	[illegible]厂	昆山路		1974—1988				

	称呼	姓名	年龄	职业	职称	备注
家庭状况	父	陈[illegible]	[illegible]			已退休
	母	已故				
	丈夫	王[illegible]	[illegible]	干部	[illegible]	
	儿子	王[illegible]	18	求学		

本人其他：兵役　兵种　□有 □无 证件　服役期间　政治面貌　体重：　公斤　身高　公分　健康情形：　专长　志趣　专业训练　汽机车 □有 □无驾照　自备 □汽车 □机车 C.C. □自行车

已、未婚	已婚	子女	男 1 人、女 — 人

语言能力　■国语　□台语　□英语　□日语　□其他＿＿＿＿（请说明）

经由何种方式得知应征　□报纸　□广告传单　□公司同仁介绍　□人才交流中心　□本公司门口看板　□其他

希望班次　□日班　□小夜班　□大夜班　□可以轮班

希望待遇　　元　希望工作地点　　可以报到日期

※申请者若是曾在本公司工作过，请务必确实填出，事后发现，愿受免职处分。

本人慎重声明以上所填各项均属确实，如有虚报情事，愿受免职处分。

应征人签名 陈惠芬　　应征日期：96 年 12 月 3 日

陈惠芬当年填写的工作申请书

遇”是多少？ 等等。

看着这张求职表，想着一张张冷面孔，一股无名大火在心底燃烧，浓烟滚滚。 她有些坚持不住了。

头晕目眩，心乱糟糟。 纸面上的文字像一群蚂蚁，乱窜乱爬，什么也看不清楚了……

她慢慢地说：“对不起，请让我想一想。”

说完，她走出屋门，走到楼外的阳光下，面对墙壁。她的泪水下来了，满脸。 自从十年前母亲去世后，她从来没有这样伤心地流泪了。

她后悔了，她骂自己太不成熟，太感情用事。

她哭着给丈夫打电话。 丈夫是另一家企业的人事科科长。

沉默了一会儿。 丈夫说：“既然选择了，就面对吧。干不了就退休回家。”

陈惠芬从小喜欢唱歌，跳舞，曾在昆山县二中担任播音员。

1970 年，正准备读高中，却因为家庭成分问题，被迫中止了学业。她的父亲在 1949 年前开木匠铺时，曾有过雇工，被划为“小业主”。那是一个讲究出身和成分的年代。

她不得不到昆山卫星厂当学徒，制作广播喇叭和变压器。后来，又调到昆山电线电缆厂，搞质量检验。后来，她开始自学高中课程，拿到昆山中学高中文凭。

1986 年,昆山热电公司开始筹建。

由于工作认真,写字漂亮,她被抽调到公司办公室。

当时,管道煤气刚刚启动,居民大都不情愿安装,公司的主要工作就是动员煤气入户。她主动承担任务,深入到各个居民小区中,一家一家敲门,询问对方哪个单位,讲解安装煤气的好处。半年时间,竟然预收了 60 多万元的煤气安装费。

她出色的业绩,赢得了公司上下赞誉。

在此期间,她入党了,并被任命为办公室主任。1993 年,她又被提拔为副总经理……

2. 陈课长

● 从国营企业的副总经理,一下子变身为台资企业的课长。

● 她最初的任命,竟然是党支部副书记。对她来说,这,或许是一条最稳妥的退路。

办完履职手续,她与原单位的工作关系就彻底斩断了。

她，变成了一个普通的台资企业员工。

陈惠芬面临的第一个问题，就是定级。

在大陆国企里，党委书记或党支部书记，与董事长或总经理基本是相同级别，最低也相当于副总经理。但在台资企业高管们心目中，根本没有这个概念，他们并不明白党支部书记的工作范围。于是，李明贵明确规定她的具体工作，就是负责生活后勤，即管理 2 个厨房、8 个厕所和 200 多间职工宿舍。级别呢，相当于课长。

台资企业的管理体制与大陆方面大大不同，行政方面分资讯部、组效部、人力资源部、财务部、采购部、业务处和工业安全保卫科等；生产方面则分制造处（研发部、生技部）、工程处、品保处、工务部等。

管理层级呢，分别为董事长，总经理，副总经理，协理，处长，副处长，经理，副经理，课长，组长。另有一个稽核处，直属董事长和总经理。

课长，在台资企业的管理链条里，略相当于大陆国营企业里的车间主任。

陈惠芬暗暗叹一口气，没有说什么。

她告诫自己：马上改变，快速适应！

满眼陌生，靠什么走进去呢？

她想起了名片。

于是，她把打印纸裁成一个个长方形，名片大小，在正面手写上自己的名字和手机号码，背后再写上“有困难，请找我”。然后，把名片装在身上，发放给每一个与她交流的员工。

“我叫陈惠芬，是新来的党支部负责人。”

只要有机会，她就主动上前。递上一张名片，递上一脸微笑，递上一腔真诚。

她要让全体员工知道，咱们公司有党组织了，我是党派来的，有困难可以找党组织，可以找我。

但是，人们并不看好她的未来啊。

绝大多数人预言：“陈惠芬干不满三个月，肯定也要撤回来。”

还有原单位热电公司的同事们，多么不舍得她离开啊。临别时，公司总经理专门送她一部新款手机，仍然是最时髦的摩托罗拉。其中的心思很明白，希望她保持联系，随时回去。

但他们不知道，这部手机的机芯，就是产自陈惠芬供职的新单位。这，似乎更加坚定着她干好新工作的信心。

其实，包括她的上级主管部门——昆山经济技术开发区党工委，对她也颇有担心，有所保留。所以，最早对她的职务任命，是沪士电子股份有限公司党支部副书记。

为什么是副书记呢？或许党组织负责人认为，如果她干不好，撤回来了，也是一个副职，对上级对社会都可以交代，而对她自己，也不失为一条最稳妥的退路。

非公有制经济是相对于公有制经济而产生的一个名词。

它是我国现阶段除了公有制经济形式以外的所有经济结构形式。它也是社会主义市场经济的重要组成部分。

非公有制经济主要包括个体经济、私营经济、港澳台资经济、外资经济等。

3. 厨娘

● 一些青年员工素质低下，在厕所的墙壁上涂写污言秽语。她每天检查，一旦发现，马上擦掉，不厌其烦。

● 渐渐地，员工们有什么心事、困难，开始找她诉说了……

公司规模在急剧地扩张着，员工人数每月增长百余名，如何管理食堂？

而且，千余名职工来自南方北方，饮食习惯迥异。陈惠芬广泛征求意见，制定了两套菜谱，每天轮换，保证每周主食不重样。

如何杜绝浪费和腐败？她多方借鉴，设计了一套相互监督机制：每天下午由食堂班长按照明天的菜谱，报出菜、肉、蛋及辅料的用量，列出单子。第二天一大早，她指定一位食堂师傅、一名办公室人员和一位随机抽选的基层工人代表，去批发市场购买。回来后，她亲自过秤，核实验收。

然后，她又和厨师们一起择菜、切菜，在油烟中出出没没，像一个繁忙的厨娘。

办公楼上下有八个厕所，虽然聘请专门勤务工打扫，但她是具体负责人。

台湾厕所与大陆设计不同，蹲位方向正好相反，用厕者头部面墙。大陆员工不习惯，小便往往洒在池外。而且，一些工人来自农村，用厕习惯不规范，冲水不及时，卷型卫生纸乱用乱撕，浪费严重。

她在每个厕所内都贴上纸条，写明使用事项。但不管用，个别职工不听这些，依然故我。

吴老板是一个精细人，发现这些问题后，极其生气，几次把陈惠芬喊过去，厉声斥责。

她心里委屈啊。

又想办法，把卫生纸割成方巾状，一叠叠地放在旁侧，便于取用。

还有极个别青年员工素质低下，在厕所的墙壁上涂写一些污言秽语。

她每天检查，一旦发现，马上擦掉，不厌其烦。

沪士集团的宿舍楼按台湾样式设计建造，与大陆的房间格局也完全不同，最关键的是室内没有阳台。

台湾大部分地区处于亚热带，天气炎热，阳光充沛，穿衣单薄，晾衣都在窗内。但大陆职工宿舍入住人数多，如果没有阳台，内衣、工作服如何晾晒？只能挂在屋内，“滴滴答答”，满地水渍，同宿舍员工之间极容易生发矛盾。

全厂有200多个员工宿舍。陈惠芬利用晚上或工余时间，逐一拜访。

品保部女工包雅琴刚刚19岁，是昆山本地人，去年6月毕业于昆山工业职中计算机专业，离开校园的第二天就上班了。她是一个单纯的、腼腆的小姑娘。

那是一个黄昏，陈惠芬轻轻地叩门，问候：“大家好！”

姑娘们一愣。

“我是新来的党支部负责人。”满脸笑容，像一位老师，又像一位长辈。

小姑娘接过一张名片，有些迷茫，眼里闪烁着疑惑的问号。似乎是问，在这个台资企业的世界里，党支部有意义吗？

陈惠芬微笑着询问她们的工作和生活情况。最后，又加一句："孩子们，有什么困难找我啊。"

于是，包雅琴就试探着说："我们晾晒衣服没人管，怎么办呢？"

这句话，点燃了大家的话题。姑娘们七嘴八舌，纷纷把这个问题指了出来。

灰色的问号在空中飘浮着，悬挂着。只是片刻，陈惠芬说："我想想办法啊。"说完就离开了。

姑娘们快言快语地说完，就忘记了。

谁也没有想到，第二天中午，在楼东边的空地上，来了几个工人，拉起了一条条晾衣架，上面有纷纷繁繁的挂钩。

姑娘们的衣服，再也不用在阴暗的室内拥挤了。晾晒在明亮的太阳下，风过来，舒展地飘荡，粘满着阳光的暖香。

大家的心，一下子明朗了。

可是，问题很快就来了。由于工服基本一样，差别无几，个别职工便浑水摸鱼，趁机偷拿。

怎么办？陈惠芬想出一个好主意：把每一名职工的工号印在工服臂膀上。这样，全厂职工的生产和生活，开始全面进入工号管理时代。

单身宿舍太混乱了，衣物杂放，垃圾遍地。她设计评选文明宿舍制度，每周一评，奖勤罚懒。

青年员工们大都是三班倒，又是单身，半夜回来后兴奋，开灯，说话，影响别人休息。同宿舍上白班的员工不高兴了，常常出现纠纷。如何解决这个问题呢？她曾设想三班工人各住在一起，但也行不通，因为关系好的员工情愿住在一室，而且工作时间随时变动。怎么办？只能苦口婆心地进行文明教育。

另外，她还聘请几个“宿舍阿姨”，专门负责宿舍卫生，并设立洗衣房，为单身员工提供洗衣、熨衣服务。

渐渐地，员工们有什么心事、困难，开始找她诉说了。

“陈书记，我快要结婚了，可是没房。”

“陈大姐，请你替公司这么多育龄女工说说话，咱们也应该享受国家计划生育优惠政策啊。”

“我们每天像机器人一样干活，能不能搞一些集体活动，让大家相互熟悉一下？”

……

不少台湾籍员工也主动找她。

譬如，生病时要找昆山最专业的医院，最敬业的医生；孩子上学要找昆山最信赖的学校……

是的，她具有本土本乡的人脉优势。而且，她是一个十足的热心人。

最关键的是，她背后，还有着深厚的组织资源。

工作间隙，陈惠芬与员工交流。

4. 寻找“地下党”

● 台资企业老板一旦得知你是共产党员，会有所警惕和防范。所以，在这里，党员身份是敏感的，尴尬的。

●“党组织随时欢迎你。但是，入党是有条件的。你好好努力吧。”

入职之前，开发区党工委负责人曾经告诉她，沪士电子集团职工里有8位党员，只知道名字，但具体联系方式，不知道。

是啊，公司正在扩张中，工种时常变动，人员随时流动。而且，那个年代，绝大部分职工，还没有手机等便捷的联络方式。

茫茫人海，岗位众多，大家忙忙碌碌。这8位同志是谁呢？如何联系呢？

的确，在台资企业里，党员身份是敏感的，甚至是不受欢迎的。因为，台资企业老板一旦得知你是共产党员，会有所警惕和防范。所以，在台资企业打工的党员们，往往缄默不语，隐瞒身份，而且互不联系，更不能组织活动，似乎是偷偷摸摸的“地下党”。

于是，她开始一个个地寻找。

一天，她与一名门卫聊天，递上了一张名片。没想到，这个门卫吃惊地盯着她，眼里放射出异样的光。猛地，门卫上前一步，紧紧握住了她的手。

他叫龚志荣，1971年3月生，本地人，1991年入伍到武警部队，是一位特警战士，1994年入党。前年退伍后，他自己找工作，来到沪士电子。两年多来，由于台资企业内没有党组织，他的组织关系一直随身携带，成了一名“口袋党员”，不仅没有交纳党费，也没有参加任何组织活动。偶尔意识到自己是一名党员，但想到这是资本家的企业，自己只是一个打工者，总有些迷茫，也有些失落。

现在，看到陈惠芬，他激动万分，马上立正，敬礼：“看到你，就像看到了部队首长。你放心，我会像在部队一样发挥党员作用！”

陈惠芬惊喜地问：“你还认识别的党员同志吗？”

“私下听说过，但不认识。”

接着，陈惠芬按照组织部门提供的党员名单，又找到了制造处的万军，业务部的程宏捷，行政部的赵明生、胥生全……

品保处技术员俞凤燕，刚从大学毕业，是一位预备党员。她高兴地对陈惠芬说：“我能转正吗？”

“可以啊，咱们支部正式成立后，就审阅你的入党资料。只要齐全，就办理转正手续。”

制造部工程师张进，重庆人，1972 年出生，毕业于中国纺织大学自动化系，1995 年来到沪士电子，现在已是 VI（品保）组长。他悄悄找到陈惠芬：“您是上面派来的党支部书记？”

“是啊。”

“我在大学时就要求入党，没能如愿。现在，党支部就在身边，我的愿望有希望实现了。”

陈惠芬高兴地说：“党组织随时欢迎你。但是，入党是有条件的。你好好努力吧。”

……

中国政府对非公有制经济在社会主义中国存在、发展及其地位、作用的认识以及相关的方针政策，经历了一个曲折变化和不断深化的发展过程。

中国的非公有制经济也经历了曲折的发展历程。

1949 年 9 月 29 日颁布的《中国人民政治协商会议共同纲领》规定，对中国的国营经济、合作社经济、农民和手工业者的个体经济、私人资本主义经济和国家资本主义经济，实行“以公私兼顾、劳资两利、城乡互助、内外交流的政策，达到发展生产、繁荣经济之目的”的方针。

由于实行了在国营经济领导下多种经济成分并存的所有制制度，调动了各种经济成分的积极性，中国国民经济在极其困难的情况下得到恢复和发展。

5. 惊慌的茉莉

● 父亲经过历次政治运动，提起台湾，就想起国民党反动派，就神经紧张。

● 两个月时间，原本瘦削的她，竟然减肉十斤。有时候，她也怀疑自己：是不是真的有病了？

来到沪士集团工作后，陈惠芬的生活节奏，一下子全部打乱了。

她承诺24小时开机。 有些青年工人上夜班时，就打电话。 老公睡觉敏感，常常失眠，让她关机。 她说，公司发生事故，员工出现情况，往往就在这个时候。

她把手机调成振动，压在枕头下。 但夜半人静，手机振动的声音也煞是吓人，像地震，常常把老公惊得魂魄出窍。 后来，她干脆把手机铃声设成那一首著名的江苏民歌《茉莉花》，把手机远远地放在客厅里。 只要轻柔的歌声飘起来，她就悄然起床。

时间长了，别人听到这首歌，是轻松和舒缓，而她的感觉，却是惊慌和紧张。

儿子马上就要高考了，她实在无法照顾，只好寄宿到哥哥家里。 只在周末，全家才能团圆。

受影响最大的是父亲。 听说她到台资企业工作后，老人极不高兴。

父亲年纪已大，经过历次政治运动，总在下意识中把台湾与国民党联系起来，与反动派联系起来，与政治运动联系起来。 提起台湾，就神经紧张，心神不定。

陈惠芬是家中唯一的女儿，从小最受父亲宠爱。1987 年母亲去世后，她与丈夫商量，要把父亲接过来，与自己一家同住。可现在办不到了，只得也把父亲长期寄宿在哥哥家里。

陈惠芬本来身材瘦削，体重只有 103 斤。来到沪士集团后的两个月之内，白天加班，晚上失眠，很快又减去 10 斤体重，脸色蜡黄，弱不禁风。

别人看着她，问："你不是有病了吧？快去医院检查一下！"

要好的朋友讽刺说，我们是没有职业，去找工作。而她是有好工作，偏偏辞职，自找苦吃。确实是有病。

有病没病，只有她自己知道。

不过有时候，她也怀疑自己：是不是真的有病了？

第二章

谁的世界

水巷、河埠、拱桥、骑楼,枕河而居的木屋,临水小憩的画船……

昆山有很多条河,宽的,窄的,弯的,直的,胖的,瘦的,密密地编织成一个水网,编织成纷纷繁繁的水乡文化,随便抽出一条,就像一条苒长的丝线,都能从尘封的历史中牵引出一串串故事。

比如,中国百戏之祖——昆曲。

昆曲优雅细腻,委婉曼妙,阳春白雪。

对昆曲有所了解的人都知道其特色是水磨腔。有人从字面上理解,说它像水磨糯米粉一样细腻糯软。其实不然,水磨腔一词,源自漆工匠师做漆器时的一道传统工序——水磨。他们把粗糙耐磨的木贼草用水浸渍,耐心地反复打磨器物的表面,使之光滑如镜,然后涂抹油漆。木贼草打磨时所产生的声响,仿佛是纡徐委婉的音乐。

还有沈万三的故事,更是能装满三个箩筐和一条舢舨。

但是,除了这些,30 年前的昆山,却是一个十足的穷地方,在苏州下辖的 8 个县中,排名最后。

上世纪 80 年代中期,特别是昆山经济技术开发区成立之后,外资及台资企业蜂拥而至。

说起台资企业汇聚昆山,这其中与沪士电子有着硕大关系呢。

昆山开发区成立之后，虽然频频招商，风起云涌，但来者都是小舢舨，没有大轮船，单体企业投资规模均不超过 200 万美元。

1991 年，因为时任昆山市市长郑慧珍的盛情诚意，吴礼淦先生结缘昆山，毅然决定投资。初期投资额为多少？3600 万美元。

石破天惊！

沪士电子虽然不是第一家落户昆山的台企，却摘取了多个“第一”的桂冠：第一个投资额超过 3000 万美元的项目，第一家高科技台资企业，第一家 IT 产业企业，第一家拿到土地使用证的台资企业……

不仅如此，吴礼淦先生还利用自己的特殊影响，在台湾企业界高层真诚呼吁。从此之后，梧桐栖凤，凤又引凰，捷安特、富士康、统一食品、樱花卫厨等大型台企，呼朋引类，结伴而来……

昆山，终于迎来了一个台企和台商大规模聚集的时代。

吴礼淦，被称为台商的“昆山市长”！

6．红船

● 她拒绝了老板奖励的红包，却提出了一个正常要求：给我一间办公室。

● 在嘉兴南湖的红船上，她主持召开了第一次党员会议。的确，那是一个寓意深长的开始！

就像一片雄奇的石林，忽然间有了绿树，有了花香；就像一个豪华的舞台，转眼间有了彩灯，有了音乐……

一切都在不动声色地变化着。

食堂、宿舍，还有厕所，在陈惠芬的精心梳理下，变得更加温馨了，更有秩序了。就像一个男人世界，悄然多出了一位善于持家的女人，心细手巧，把一切的凌乱，梳理成了图案；把一切的杂音，弹奏成了旋律。

这一切，董事长吴礼淦都看在了眼里。

八个月之后的一天上午，吴老板在楼道里迎住她，真诚地邀请她到办公室一叙。

刚一落座，吴老板就感慨地说："陈书记啊，感谢你这几个月的辛苦。从你身上，我才感觉到，贵党真是了不得啊。”

“谢谢吴老板夸奖，这是我正常的工作。”

“我要表彰你，我要奖励你一个红包！”

“不，不，我不要红包。”

老板一下子怔住了，问她需要什么。

“我需要一间单独的办公室。”陈惠芬想一想，郑重地提出了一个要求。

吴礼淦为难了。

确实，在这家台资企业，除了董事长之外，只有总经理和董事长特别助理，才拥有一间32平方米的办公室，而几位副总经理的办公室，只有12平方米。其他的协理、处长、经理、副经理，全都是集体办公，公共空间。

但，陈惠芬的理由十分充足：企业员工一半以上是女性。女工们隐私多，比如怀孕、避孕等话题，在公共办公室里说话不方便。还有一些员工，对公司的建议，对主管的不满，也不便在公共场合讲出。况且，她和别人合用一张办公桌，太不方便了。这是她公开的理由。

其实还有一个理由，她没有说出口：没有一间办公室，无法开展活动，党组织的地位如何体现，工人们怎么看待党的形象？

必须要有一间独立的办公室！

她说：“在董事长办公室的斜对面，有一个小储藏室，10平方，可以作为我们筹建党支部的办公室。”

老板想了想，确实有这么一间房。

于是，在含含糊糊中，就答应了她。

当天下午，陈惠芬邀了龚志荣和几个歇班的党员，帮助收拾。

小屋没有窗户，虽然狭小，却是安静。幽暗的空间，打开一盏灯，明亮如雪。

她买来一盆茉莉花，绿茵茵的枝叶，雪白白的花朵，素朴淡雅，清香袅袅。

她又对吴老板说：我的办公室门口要挂牌。

是啊，我又不是地下党，我要唐唐正正地开展工作。

吴老板马上警觉了："挂什么牌子？"他的脸上红赤赤的，有一些懊恼，似乎在责怪她得寸进尺："是不是像中共昆山市委门口那样的大牌子？"

陈惠芬说："不是的，只要写明'党支部'三个字就可以了，与咱们集团办公室各门口的牌牌一样大小。"

吴想了一下："好吧，就按我们企业门牌统一的尺寸。"

牌子做好了，尺寸、样式与统一格式全部相同，有区别的只是三个字：党支部。

还有一点不同：颜色。

她的门牌，是红色的。

这是党的颜色，这是心的颜色，也是她——一个共产党员使命和责任的颜色！

门牌小小，意义却非同寻常。这是昆山市首家正式挂牌成立的台资企业党支部！

中国共产党的一个基层支部，就这样悄悄地却是坚定地进驻了昆山市最大的台资企业。

但是，党支部挂牌的第一天，陈惠芬就遇到了一件不开心的事情。

副总经理李明贵满腹狐疑把她找过去，郑重告诫："我们集团公司干部都是集体办公，透明运行，互相监督。董事长给你专门办公室，你要利用好，千万不要聚集一些人在里面聊天。更不要搞小动作，拉帮结派。"

陈惠芬哭笑不得。

她无法解释。

她只好让时间去解释了。

1997 年 7 月 1 日，是一个特殊的日子。

陈惠芬把集团内部仅有的八名党员组织起来，召开了第一次党员会议。

她精心选择了一个地方：嘉兴市南湖。

不错，就是在那条著名的南湖的红船上。昆山距离嘉兴，只有 100 公里。

那一天，风清气朗，树绿花红，滴青流翠，正是一年中最茂盛、最富生机的季节。

在这次党员会上，开发区党工委负责人宣读了上级组织的任命，正式任命陈惠芬为中共沪士电子股份有限公司党支部书记。接着，党支部成员集体举手表决，同意俞凤燕同志为正式党员，同时确定张进、杜云飞等6人为入党积极分子。

那一天，大家的脸上洋溢着涟漪般舒展的微笑，心情一如晴朗的天空。笑声呢，恰如那一只只翩飞的白鸽……

的确，那是一个寓意深长的开始！

7. 什么是哺乳假？

●“我是大陆培养的党支部书记，难道还没有这个起码的自觉吗？”

● 她仿佛看到，女工们明丽、丰饶的灵魂，正在厂区内蓬勃地发芽、散叶、开花……

沪士集团实行严格的门禁制度。

她只是课长待遇。刚刚上班时，人力资源部明确告诉她：上班、下班和午饭前后，进出办公楼必须打卡，即一天四次打卡。这是公司的严格考勤，与工资直接挂钩。

公司规定：经理级以下的大陆员工，上下班和进出办公大楼全部凭卡，台湾员工除外。

过了一段时间后，陈惠芬感到越来越不习惯，并不是仅仅因为繁琐。

陈惠芬询问李明贵："为什么台湾人可以不打卡，而我每天要打卡？"

"这是企业规定！"

"我每天早上班，晚下班，从未迟到早退。"

"这是系统管理！"

"这是对我的不信任。我是大陆培养的党支部书记，难道还没有这个起码的自觉吗？"

李明贵说："不打卡，没有时间证明，多加班也没有补助。"

"我不要加班费，我要权益，我要尊重。"是啊，这些天来，她每天加班工作，何曾是为了补助啊？

李明贵惋惜地说："你如果放弃加班费，也可以不打卡。”

于是，从此之后，她来去自由了，却永远失去了加班费。

而她，是公司里加班最多的那个人。

沪士集团虽然是高科技企业，员工素质相对较高，但也是劳动密集型企业。到 1998 年，已达 3000 多人，其中女性员工占到 60%以上。

这些女工大都处于怀孕生育期。怀孕后，台资企业仍然要求正常上班和加班，女工们不情愿。课长们大都是青年男工，年轻气盛，态度生硬：“不加班，就走人！”

现在的青年人大都是独生女，娇且贵，外出打工并不仅仅是为了生活，而是为了开眼界，学技术，谋发展，所以，跳槽是家常便饭。

台湾与大陆，由于文化观念和制度设计不同，所以双方在企业福利待遇，特别是女员工“四期保护”方面，存在很大差异。比如，台湾地区的女工产假只有 50 天，比大陆法定时间少一个月，而且恢复上班后没有每天 1 小时的哺乳假，还要像别人一样上夜班，或加班。

为此，公司所有女员工，特别是怀孕和哺乳期的女员工意见很大：“为了票子丢孩子，不值！”愤然辞职，人员流失。

公司每年有 100 名左右的怀孕女工，绝大多数是各条生产线上的熟练工，有的还是班组长，直接负责一线的生产管理。她们的对立情绪，很大程度上影响了公司的生产经营，常常出现质量下滑、废品率上升的现象。

陈惠芬多次提议，希望资方按照大陆《劳动法》有关规定，并要求签订《女职工特殊保护条例》。

她首先与李明贵沟通，提议设立哺乳假。在台湾，女工 50 天产假结束后，重返工作岗位，孩子由保姆或家人代养，以喂奶粉为主。李明贵不能理解，大陆的哺乳假是怎么回事。

他问："是不是让公司准备一个大冰柜，把挤出的乳汁放进去，下班后带回去？"

陈惠芬解释说："《劳动法》规定，哺乳期为一年，每天一个小时。可以半天各用半小时，也可以一次使用一小时。"

李明贵言辞强硬："这是台资企业，要执行台湾企业规定。"

陈惠芬态度鲜明："这里是中国大陆，要执行中华人民共和国《劳动法》。"

李明贵不说话了。

公司各主要岗位的台湾籍管理人员均不理解："生产线上都是定员定岗，生产更是定量。如果这些女工因为产后哺乳，每天少上班一个小时，怎么保证工作？"

……

她又去找董事长吴礼淦。

吴礼淦生气地说："大陆的女孩子太娇气。"

"怎么娇气？"

"坐一个月子要休三个月，在台湾只有 50 天。"

"台湾没有计划生育政策，可以生三胎两胎。大陆实行计划生育，一对夫妻只生一个孩子，当然要特殊保护。《劳动法》规定，产假 90 天，如果难产，还要增加 15 天。"

陈惠芬告诉他，这种法律规定更人性，更尊重妇女，与台湾地区不一样，与美国日本也不一样。接着，又细细讲解大陆计划生育政策及哺乳假的文化根源。

老吴沉默一会儿，似有所悟，猛然说："好，我们也这样执行吧！"

他马上把相关高管召集起来，开会，形成决议。

从此，沪士集团各车间专门设立一个哺乳室。女工每天工作的八小时中间，可以准许一小时哺乳，工作期间可让家人把小孩子抱过来，现场哺乳。也可以推迟一个小时上班，或提前一小时下班，在家哺乳；还允许迟到半小时，早退半小时。

而且，女工怀孕 7 个月之后，必须安排从轻劳动，只上白班。产后一年的哺乳假期内，只上白班，不用加班。

……

女工们胜利了，女工们高兴啊。

沪士集团落地生根之后，附近很快便形成了“台湾一条街”：售卖卤肉饭和生鱼片的风味店，品尝高山云雾茶的红茶坊，以及上岛、蓝岛、迪欧等形形色色的咖啡厅，还有标明日月潭、阿里山、黄屿、花莲、彰化等字样的小商铺……

姑娘们，在路边吃一碗放了紫菜虾皮的豆腐花，再买一块刚出炉的海棠糕，快乐地品味着台湾风味的生活。

看着她们的笑靥，听着她们的笑声。陈惠芬已经感觉到，女工们明丽、丰饶的灵魂，正在这片丰腴的土地上蓬勃地发芽、散叶、开花……

陈惠芬说，非公有制企业的党建和工会工作，对我来说是考验，更是挑战。 干不出名堂，干不出实效，资方不会认可，员工不会拥护。 党章和《工会法》赋予的权利，我当然要争！ 我争自己的体面，更是争党的体面；我争自己的权利，更是争员工的权利。

基于对中国民族资产阶级在从新民主主义向社会主义转变的时期仍然“既有剥削工人阶级取得利益的一面，又有维护宪法、愿意接受社会主义改造的一面”的认识，中国共产党和中国政府对民族资产阶级采取了“团结、批评、教育”的政策；对私人资本主义经济采取了“利用、限制、改造”和平赎买的政策，于1956年完成了对资本主义工商业的社会主义改造。

至此中国的私人经济基本消失，仅存的一些个体经济，由于人数与规模甚小，对国民经济的影响微乎其微。

此后的20多年间，非公有制经济在中国作为“产生资本主义的土壤”和“资本主义尾巴”而被彻底排斥和割除。

8. 还你一双大眼睛

● 搞生产容易，处理社会关系太难。这是现实国情！

● 陈惠芬陪着小伙子，奔波在上海和苏州的医院，直至痊愈。对方终于沉默了，不再提什么额外条件。

在大陆的台资企业大都有一个通感：搞生产容易，处理社会关系太难。这是现实国情！

沪士电子印制车间有一个实习女工，在工作中不小心，致使手指肌腱受伤。

这本是一件普通的轻微工伤，但现在的孩子都是独生子女，免不了娇气。女孩坚持要找最好的医院和医生，她的父亲更是闹着要恢复原样，三番五次地找到沪士总部，扬言要起诉。

吴老板没有办法，对陈惠芬说，你来处理吧。

陈惠芬陪着姑娘，先后三次到上海医院诊治。不仅看好了伤情，也用真诚感动了这位员工。

浙江一个小伙子，在试验室里使用硫酸时，没有按规定佩带防护眼镜，谁知脚下打滑，量杯倾斜，硫酸溅出来，眼睛受伤，肿胀得像一枚溃烂的大桃子。

陈惠芬陪同他到苏州100医院，又到一家专科医院。几次手术，逐渐复原。春节时，小伙子回家前，陈惠芬专门为他买了一副墨镜，再三嘱咐他要及时用药。放假期间，她每天打电话询问、叮咛，像母亲。

过完年后，小伙子回来了。

摘掉墨镜，一双漂亮的大眼睛。

1997年5月，生产车间一个小伙子上夜班时，左手被卷入滚筒，四个手指形成热夹伤，肌腱断裂，被紧急送到医院。

小伙子的母亲赶来，不由分说，抛下一些过激话，并提出一些额外要求。

陈惠芬上前解释。

对方质问：“以后怎么找对象？”

陈保证说：“我们会尽全力的。”

对方说：“孩子就交给你了。如果恢复不满意，咱们法庭上见！”然后愤然离开。

所有的任务，交给了陈惠芬。她和司机陈惠珍一起，带着小伙子，先去苏州第三医院，治疗烫伤；又到上海电力医院，做肌腱手术；最后，再到上海第九医院，进行植皮。前前后后奔波了十多次。

一年多的时间，进行若干次手术，终于恢复良好。

对方家长沉默了，不再提什么额外条件。

台湾人在昆山，水土不服，也容易生毛病。

一个台籍经理，来到昆山后患染鼻炎，久治不愈，决定回台湾就诊。台湾的私人诊所多，设备好，态度好，甚至可以要求医生出诊。而在大陆，要排队，托关系，找专家，太麻烦。

陈惠芬通过朋友打听到，上海有一家鼻科医院，治疗鼻炎有特效。于是，便陪同台籍经理前往就诊，直至痊愈。

9. 把根留住

●“他们都是外来户。我是党支部书记，不能与他们争福利。”

●168套住房全部分配下去。这样一来，公司的主要骨干，全部扎下了根。

沪士电子厂区的西部，有一片空地。

1997年，社会上房地产业开始兴旺。有人向吴礼淦董事长建议，开发房地产，大赚一笔。吴老板欣然同意。于是，沪士电子便专门成立一家房产公司，开始了总体设计。

陈惠芬听说后，若有所悟，便力劝老板，建造职工家属楼。

吴老板当然不同意。开发房地产，面向全社会，现房现款，经济效益立竿见影，而且关系简明，不留麻烦。建造职工家属楼，员工都是青年人，都是穷光蛋，且是候鸟，没有积蓄，根本拿不出现钱来。

陈惠芬说："拿不出钱，可以分期付款啊。"

她进一步向老板分析，现在的企业骨干都是外来的青年大学生，正处在结婚年龄。如果建造职工住房，低价出售给他们，不仅缩短了与职工的距离，更稳定了骨干职工队伍。

吴老板眼前一亮。

于是，房产公司对企业骨干人员的住房情况进行调查，设计了168套住房，每套76平米。按照职位、学历、资历等排名，每套价格约在7万元左右。

大学生们都是外来户，刚刚上班，无钱购房，又不能贷款，怎么办?

陈惠芬与财务部门联合测算，最后决定，每人预交 2000 元，即可以入住，余下部分从将来的工资中按每月 600－800 元，逐渐扣除。

1998 年 4 月，住房竣工。

吴老板兴奋地对陈惠芬说，感谢你的好主意，这个工程是你促成的。这批房子，你第一个挑选。

陈惠芬摆摆手："大学生们都是公司的骨干，更是公司的未来。他们都是外来户，有实际困难。我是党支部书记，不能与他们争福利。"

168 套住房，全部分配下去。

这样一来，沪士集团公司的主要骨干，全部扎下了根。

在建造职工家属楼的过程中，陈惠芬又开始谋划另一项福利。

1997 年 3 月，她到市政府开会，第一次听说台资企业也要推行住房公积金制度。按照当时工资收入，一般员工需要每月拿出 60 元左右，老板再补助相同数额。对于这项政策，别说台资企业，即使国营企业，绝大多数老板也不肯执行，抵制情绪很大，不情愿出钱。

陈惠芬多次与吴老板倾谈。虽然每年需要额外付出近 400 万元，但收获的却是长远。沪士集团要做大做强做长远，必须稳定职工队伍，让职工有荣誉感和归属感。

吴老板勉强同意了，可当地有关政策却又生羁绊。

原来，国家政策规定，企业为职工缴纳住房公积金，职工必须是当地户口。而沪士集团职工大都来自大陆各地，户籍在原址。

陈惠芬多次前往有关部门商量，国家的优惠政策，要想办法让大家享受。最后，双方终于想出一个多赢的好办法：员工每人办一个存折，把公司补贴部分和自己缴纳部分，都放进去，存折由陈惠芬代表党支部保管。以后，这个员工购房时，凭党支部证明，可以从建设银行取款。

1997年5月，沪士集团开始全面为职工缴纳住房公积金。这在昆山台资企业中，又是第一例。

1978年12月，中共十一届三中全会后，非公有制经济开始得到恢复和发展。

1980年8月，中共中央转发《进一步做好城镇劳动就业工作》的文件指出，个体经济是“从事法律许可范围内的，不剥削他人的个体劳动。这种个体经济是社会主义公有制经济的不可缺少的补充，在今后一个相当长的历史时期内都将发挥积极作用。”

10. 尾牙

● 潮水般的掌声，潮水般的信任。谢幕的时候，包雅琴哭了，开心地哭了。

● 陈惠芬主持党支部会议。会议通过了中共沪士电子股份有限公司党支部发展的第一批党员。

大男大女，天南海北，上班各自忙碌，闲时相互隔绝。宿舍封闭管理，不能走动。他们要交往，他们要恋爱。

于是，周末和节假日，陈惠芬组织了各种各样的单身派对，篮球赛，拔河赛，在食堂放电影，举办歌舞晚会……

最快乐的集体活动，就是旅游。

1997 年 10 月，陈惠芬包租 6 辆大客车，组织全体员工，分批到苏州旅游。早上出发，傍晚归来。

途中，大家欢歌笑语，各敞心扉，互通有无。一番倾谈，竟然发现是老乡；几泓微笑，猛然发现陌生的你，原来就是梦中的她。众里寻你千百度，蓦然回首，那人却在，灯火阑珊处。于是，人群更和谐了，笑声更热烈了。

从此，沪士电子每年 3 至 11 月，公司全员分批旅游，形成定例。

年中旅游，年底“尾牙”。

什么是尾牙？ 这是台湾俗语，意为请客。 年底的时候，老板要答谢员工，与大家一起聚餐。 餐间搞一些娱乐活动，发放纪念品，请大家摸奖助兴。

过去的尾牙活动，由于人数少，大家聚在一起，吃一顿饭，热闹一番，就结束了。 可现在，人多了，达几千人。怎么办？

1998 年年底，陈惠芬多次与“台干”沟通，并结合大陆和昆山当地风俗，决心把台湾特色的“尾牙活动”变成沪士集团的企业文化。

腊月二十开始，全体员工按部门分头组织，每千人一组，每人 150 元标准，由老板买单。 除了餐饮之外，还要购买一部分纪念品：电脑、照相机、手机……

另外，还要安排各车间自编自演文艺节目，分设一二三等奖。

有节目，就要有主持人，在台上串词、唱奖，活跃气氛。

是啊，到哪里请主持人呢？

当看到包雅琴时，陈惠芬眼前一亮。

包雅琴在生产一线车间做统计员，热情主动，人缘好，而且个头高挑，模特身材。

陈惠芬说："你上去试一试？"

但她毕竟是一个没见过世面的小姑娘啊，在学校里也从来不敢上台发言。她的脸一下子红了，赶紧摆手谢绝。

陈惠芬鼓励："大胆些，大胆些，试试看，试试看。"

……

包雅琴推脱不过，只好精心准备，胆胆怯怯地走上了舞台。

台下，是两千只忽闪忽闪的眼睛，像探照灯，像放大镜。哎呀，羞死了，浑身颤抖，满头汗水……

虽然结结巴巴，但现场氛围十分浓烈。

陈惠芬带头鼓掌，大家纷纷跟上。潮水般的掌声，潮水般的信任……

谢幕的时候，包雅琴哭了，开心地哭了。

陈惠芬还关注着另外一个女孩——柏伟。

柏伟是重庆永川人，1990 年毕业于重庆工业管理学院财务专业，被分配到中国船舶系统的重庆船舶制造厂工作，那是一家 2000 多人的大型国企。1995 年，该企业在昆山建设分厂，派她过来参加筹备。到昆山之后，她看到当地形形色色的外资及台资企业，大开眼界，尤其是沪士集团，投资规模最大，而且产品就是当时最时尚的通讯设备——手机的心脏部位。而她，当时最大的梦想，就是拥有一部自己的手机。

当时，沪士电子基建工程刚刚结束，正在从国外进口设备，急需用人。柏伟在国企工作四年，熟悉财务工作。她感觉这里是一个全新的世界，便决心辞职。

来到沪士后，她参与建立全公司的财务制度，系统、岗位、组织架构等等。

与包雅琴不同的是，因为工作和生活太忙，柏伟并没有过多地关注陈惠芬。她只是知道公司来了一位女性党支部书记。

1997 年冬天的一个凌晨，柏伟在医院生下女儿。刚被推出产房，就看到了陈惠芬的疲倦的微笑，像大姐，不，像母亲。她的心，暖暖的。

后来，两个人就熟悉了。

陈惠芬曾送给她一些党员学习资料。但她一直存放着，偶尔翻一下，并没有入心。

虽然对陈惠芬印象很好，但自己从来没有想到入党。她认为，在台企工作，不必要入党。我是一个漂泊的人，没有归宿感。况且，这里不是国企，台企老板能听她的吗？党支部在这里有用武之地吗？

她只是一个普通而又实际的女孩，没有特别的想法。工作忙忙的，她的心思都用在了业务上。

1998 年 1 月 20 日，陈惠芬主持党支部会议，沪士集团的全体 9 名正式党员开会。会议通过接收张进、杜云飞等 3 名同志为中共预备党员。

这是中共沪士集团党支部发展的第一批党员。

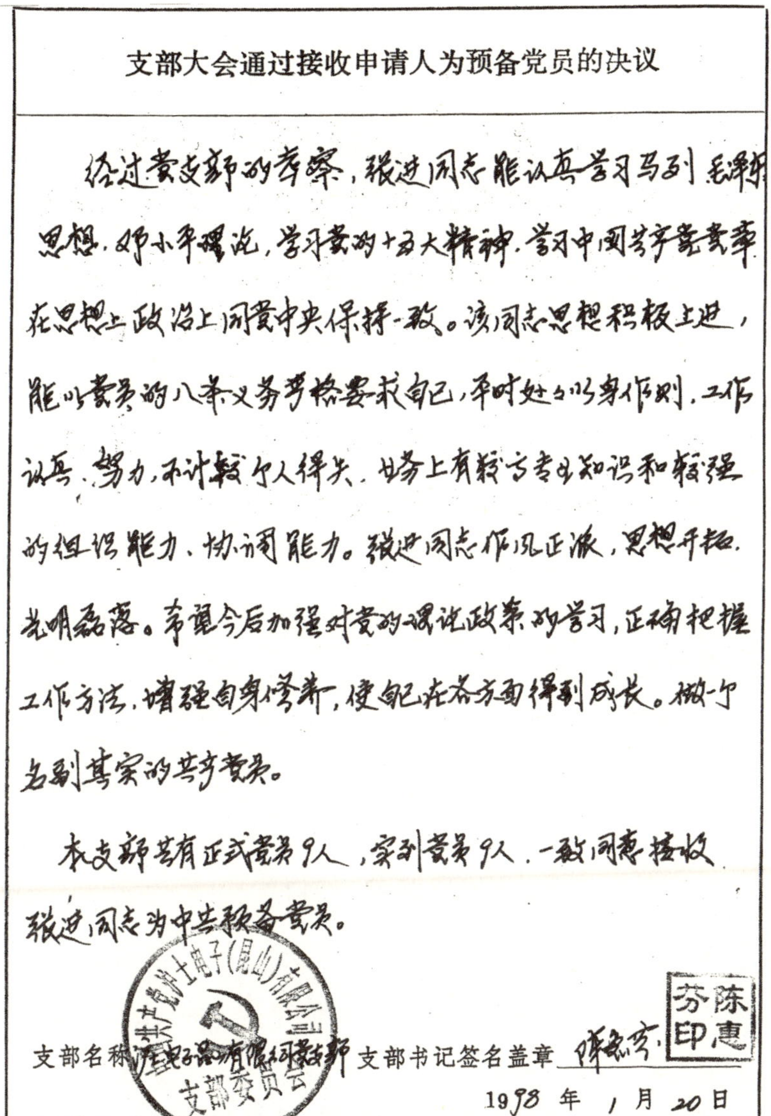

支部大会通过接收申请人为预备党员的决议

经过党支部的考察，张进同志能认真学习马列、毛泽东思想、邓小平理论，学习党的十五大精神、学习中国共产党党章，在思想上政治上同党中央保持一致。该同志思想积极上进，能以党员的八条义务严格要求自己，平时处处以身作则，工作认真、努力，不计较个人得失，业务上有较高专业知识和较强的组织能力、协调能力。张进同志作风正派，思想开拓，光明磊落。希望今后加强对党的理论政策的学习，正确把握工作方法，增强自身修养，使自己在各方面得到成长。做一个名副其实的共产党员。

本支部共有正式党员9人，实到党员9人，一致同意接收张进同志为中共预备党员。

支部名称 沪士电子(昆山)有限公司党支部 支部书记签名盖章 陈惠芬

1998年1月20日

这是中共沪士公司支部发展的第一个党员

11．不要裁员

● 1998年，是沪士电子最紧张的一年。黑云压城，岌岌可危，千钧一发。

● 一场风暴过后，大家的心，更热了。

1998年初，一场席卷东南亚地区的金融风暴，悄然而起，渐而酷烈，波及全球。

市场骤然秋霜。

3月，沪士电子公司订单明显减少。

5月，零利润，且出现亏损。

沪士电子，遭遇前所未有的困难！

吴礼淦急得火烧眉毛，坐卧不安。望着枯黄的市场，看着国外同行都在纷纷裁减员工，他也决心祭起这一国际通行的老办法。

一时间，公司上下人心浮动，愁云如霾。

陈惠芬一方面稳定人心，一方面找到吴老板办公室。

吴礼淦是一个直爽人，干脆地说："我是资本家，我办企业就是要赚钱。现在不赚钱，我要裁员！”

陈惠芬，第一次面临这种紧张情况。

“你不要这样。我们可以有别的办法。比方说，可以放长假，只发生活费。”

“我不是慈善机构。”

她想一想，说：“千万不要裁员！从开工到现在，这些老员工都是熟练工，裁掉太可惜。做线路板，没有两年的工作经验是不可以的。”

“那怎么办？我不能允许亏损！”

“现在订单情况怎么样？”

“有订单，但没有利润。”

“你还照常接订单，甚至多接。虽然利润微薄，但总是不亏，就当做是练兵。我可以和工人们做工作，本来七月份要调薪的，可以暂缓调薪长级。”

两个人互相面对着，沉默无言。

难题，像一颗沉重的铅球，在两人之间来回滚动着。

最终，吴礼淦答应了。

接着，他到世界上几个厂家走访一遭，接下一些订单。

陈惠芬层层做工作，希望大家理解老板的苦楚，同舟共济，更加用心工作，最大限度地提高成品率，最大程度地降低成本。同时，希望大家暂时放弃今年七月每人月均上调300元薪酬的机会。

1998年，是沪士电子最紧张的一年。黑云压城，岌岌可危，千钧一发。

大家众志成城，上下同欲，尽心竭力，共渡难关。

年底的时候，市场终于回暖，柳暗花明，云开日出，天翻地覆，乾坤逆转。

1999 年 1 月初，吴礼淦主动找到陈惠芬，要求给员工调薪。 时间呢，就从去年七月份开始算起，一并补齐。

一场风暴过后，大家的心，更热了。

> 1981 年 6 月，中共中央《关于建国以来党的若干历史问题的决议》明确指出:“国营和集体经济是中国基本的经济形式，一定范围的劳动者个体经济是公有制经济的必要补充。”

12. 年火

- 陈惠芬刚刚走出厂门，突然听到生产车间有人大喊——起火了！
- 稽核结束后，摩托罗拉公司代表方才得知这里刚刚经过一场火灾。他们万分惊讶:“这太不可思议了！”

2000 年大年初三。

吴老板到美国度假去了，台湾人也都回去过年了。陈惠芬和执行副总经理李明贵一起，代表吴老板，到工作现场，慰问加班人员。几年来，每个大年初一，她都是早早地到来，带着一沓沓装着 100 元的小红包，按照名单，到生产岗位上，一个一个发放，拜年。这些春节期间工作的员工啊，大都是北方人，家境比较困难，或还没有结婚。他们更需要温暖啊。

这天下午三时左右，陈惠芬刚刚走出厂门，突然听到生产车间里面大喊——起火了！

惊回首，浓烟滚滚，火焰熊熊。

原来，年后初八，沪士电子的最大订货商——美国摩托罗拉公司的代表，要前来稽核。所谓稽核，就是订货方对承担生产任务的厂家进行综合评估，以保证产品的稳定性，最大限度地降低风险。对于生产厂家来说，这样的稽核至关重要，直接关系到企业的形象和订单的多少。为了迎接稽核，沪士电子要对二楼的一个核心生产车间进行必要的检修。这个车间面积 200 平方米，塑胶地板磨损了，要重新铺设。由于气温太低，塑胶地板生硬，铺上去不够平整，工人便用喷灯加热，软化，再敲平。殊不知，房间密封太严实，而树脂里含有浓烈的可燃气体。气体散发不出去，已经在室内形成高密度。喷灯是明火，“嘭”的一声，发生气爆，点燃了整个车间。

这是生产车间的心脏部位，全是线路板、电路板等易燃品，情况万分危险！

正在值班的门卫龚志荣，和另一个警卫飞跑过来，没有丝毫犹豫，直接冲进了滚滚浓烟中。他们先是把两个受伤的工人拖出来，而后又冲进去。车间内电路中断，火焰滚滚，龚志荣和警卫戴上防毒面具，摸索着，从墙内打开消防栓，用水冲。消防面具里装满活性炭，浸水之后，形成凝滞，阻碍呼吸。他干脆扔掉，以手捧水，洗一下鼻子，来一次深呼吸，憋一口气，继续冲水，在核心易燃品的上面和四周猛烈浇水，死命地阻挡明火的靠近。他们的身后，明火“哔哔叭叭”地爆响。墙和天花板坍塌了，落在脚下，像战场……

李明贵看着起火的车间，站在远处，束手无策，急得直跺脚。

这时，昆山市消防队赶到，投入战斗。

半个小时后，大火扑灭了。

损失惨重，800 多万。

……

更为关键的是，大年初八，正式上班后，公司即将接受摩托罗拉公司的稽核。摩托罗拉是当时世界上最炙手可热的通讯生产厂家，又是本厂的最大订货方。如果不能最快地在他们到来之前恢复生产，通过稽核，企业将面临十分不利的处境。

吴老板正在国外度假，指令李明贵和陈惠芬，不惜一切代价，渡过难关！

但现在的情况是，岗位上除了几十位值班工人外，绝大多数员工都回家过年了。天南海北，不能返回。

怎么办？怎么办？

她的眉毛就要燃烧了，她的头发就要燃烧了。

首先，必须把昆山市内的职工召集回来！

其次，争取把昆山周围的职工召集回来！

没有别的联系方式，她火速跑到昆山电视台。

……

当天下午五点开始，昆山电视台便打出滚动字幕：沪士电子股份有限公司的员工，厂内发生紧急情况，请放弃休假，明天早晨到公司集合！

正是春节关键时，正是亲情最浓时，大家都是台资企业打工者。我们不要加班费，三倍五倍也不要，我们要和亲人待在一起。大家能来吗？

但是，谁也没有想到的是，第二天早上，一下子竟然到场 250 多人。马上投入战斗！

更让她没有想到的是，中午，又来了 100 多人，都是附近地区的员工，有的驾车回来，有的打出租回来。

援兵，仍在源源不断地到来……

27 岁的新党员张进，此时已是品保车间主管。他正在热恋中，春节期间第一次随未婚妻到浙江衢州过年。衢州与昆山，相距 400 公里。他听到火灾消息后，马上打电话通知附近地区的十几位同事，当天晚上连夜乘火车回来了。

……

大家清理现场，装修厂房，恢复生产线，调试设备……

仅仅一周时间，整个车间就恢复了正常生产。

大年初十，来自美国本土的摩托罗拉公司代表，对沪士进行全面细致的稽核。

两天过去了，美国人的脸上露出了笑容。特别是，在告别的机场上，当他们得知沪士刚刚经过一场火灾后，万分惊讶："这太不可思议了！你们有这么多的优秀员工，我们要把更多的订单给你们。"

果然，那一年沪士接到的订单特别多，销售达到28亿元，实现利润2.4亿元，均创历史最高水平。

13. 愧疚与燃烧

● 作为女儿和母亲，想起父亲和儿子，那是她永远的愧疚！

● 在执著、激情和愧疚中，她把自己的小宇宙燃烧到了极致……

陈惠芬只有一个儿子，1978 年出生。她到沪士电子工作的第二年就要参加高考，正是最需要照顾的时候。可她，只能把儿子寄送到哥哥家里。

好在儿子长大了，独立了，蛮争气，被苏州大学化学专业录取。

作为母亲，时时想起来，那是她永远的愧疚。

但是，她更愧疚的，是对于父亲。

她是父母唯一的女儿，自小受父亲宠爱。父亲 1949 年前是木匠，做小本生意。1949 年后被错划成分，成为“小业主”，受尽歧视。每逢政治运动来临，父亲都要受到冲击，惊弓之鸟，颤颤巍巍，长期生活在惶恐和胆怯之中。平时，填写表格，父亲最害怕的，就是面对“成分”一栏。

1987 年母亲去世后，父亲更孤单了。陈惠芬决定买一套宽敞的房子，把父亲接来，共同生活，以尽女儿责任。父亲与女儿感情最深，有什么心底话都愿意与她说一说。

去年，大房子终于买下了，正在装修中，可她的工作却变换了，来到沪士。沪士的满负荷工作节奏，使她不得不重新设计家庭生活。

她只能再次把父亲安置到哥哥家中。

她没日没夜地卷入到了沪士的工作中，与父亲见面机会更少了。而且，胆小怕事的父亲，对她到台资企业工作十分担心，总是唉声叹气。父亲有轻微的心脏病，平时需吃药控制，近来常常犯病，却总是忍着不说。

1997 年 8 月的一天早上，陈惠芬正在上班的路上，突然接到电话，父亲去世了！

她马上疯狂地跑过去，哭昏在父亲的遗体前。

原来，这半年多来，父亲日日夜夜为自己担心，而自己由于工作太忙，也很少见到父亲，更没有与父亲交心。前几天，孤独的父亲摔了一跤，腿骨骨折。由于女儿不在身边，他常常沉默不语，整天坐在自己的房间里发呆。一天早晨，家人去叫醒时，竟然已经去世。

……

父亲走了，儿子上大学了。她的全部身心，都交给了沪士。

在执著、激情和愧疚中，她把自己的小宇宙燃烧到了极致……

1997 年，沪士公司在全市第一个推行台企员工住房公积金。

1998 年，沪士公司在昆山第一个实现养老、医疗、失业、生育、工伤等“五金保障”。

2000 年，公司再次建造 248 套商品房，低价租给员工，进一步解决公司员工住房难问题。

从2001年起，沪士电子实行员工子女教育补助金制度，对员工子女就读幼儿园、小学、中学、大学，每年分别给予1000、300、500、1000元补助。

平时，职工生日、结婚、生育，都可以收到以党组织名义送上的贺金……

昆山，在历史上便是天下首富！

在江浙一带的民间，财神是谁？

沈万三！

的确，这位明代初期的“江南第一豪富”，就是昆山人。而他的生存和发迹之地，便是昆山的周庄。

考察沈万三的致富之路，竟是“通番”，也就是对外贸易。

元朝末期，沈万三之父沈佑，由湖州南浔迁徙至周庄东面的东宅村，因经商而逐步发迹。沈万三掌家后，在立足国内市场的同时，眼光更瞄向了海外。他以水路交通发达的周庄为基地，利用白蚬江（东江）西接京杭大运河、东北接浏河（浏家港）的便利，把江苏、浙江和安徽一带的丝绸、瓷器、稻米和手工艺品等运往海外，进行对外贸易，又将海外的珠宝、象牙、犀角、香料等运回中国，从而在不长时间，便一跃成为“资巨万万，田产遍于天下”的天下首富，创造了一个令世人难以想象的奇迹。由此也衍生了许多传说,比如沈万三富可敌国,曾与朱元璋斗富,曾捐修南京城墙等等。

沈万三的经商理念,或许至今仍在影响着昆山。

因为如今的昆山,正是依靠沈万三式的活力四射的对外贸易,才汇聚了天下财富,才多年名列中国大陆经济百强县(市)之首!

1982 年 12 月,全国人大五届五次会议通过的《中华人民共和国宪法》第十一条规定:在法律规定范围内的城乡劳动者个体经济是社会主义公有制经济的补充。

从此,非公有制经济在中国迅速发展。

第三章

就像一把火

早晨七点,昆山醒了。

汽车们睁开惺忪的眼,洗洗脸,开出了小区的大门。树也醒了,楼也醒了,娄江也醒了。一切都精精神神的,睁大眼睛,露出甜甜的微笑。

于是,新的一天开始了。

整个城市,就像一台精密的现代化机器,开始了良好的运转。声音呢?嗡嗡嗡,嗞嗞嗞,唰唰唰,那么自然,那么和谐,那么优雅……

如果说上海是一位事业鼎盛、如日中天的大哥哥,那么昆山就是一位刚刚起步、前途无量的小弟弟。如果说上海是一棵枝繁叶茂的大榕树,那么昆山就是与之根脉相连的一棵小榕苗。

上海和昆山之间,一条条高速、高铁和地铁,像须根,像血管,像脐带……

在昆山,你可以强烈地感受到古老文明和现代文化的碰撞，朴拙典雅的文化遗迹和现代都市的摩天大楼交相辉映，理想主义的开创宗旨与实用主义的做事准则一脉相承，本土发展和融入全球化的经济发展趋势完善交融……

是的，昆山已经初步现代化。

但，昆山的现代化里，又融合着浓浓的文化味儿，人情味儿。就像歌曲的旋律，花的香，菜里的味精，脸上的笑靥……

“嘭、嘭、嘭……”有人敲门。

竟然是吴礼淦。

吴老板慢慢地走进来，向陈惠芬点点头，却没有说话，目光只是在小屋的四壁上逡巡。

小屋只有8平方米，没有窗户，不通风，不透光。顶上一根电棒，炽炽白亮，是平时主要的光明之源。

“陈书记，真是不好意思啊，让你在这里受委屈了。”吴礼淦怔一怔，又说：“我想好了，要专门给你安排一间像样的办公室。”

这是2000年8月的一天。

沪士集团的办公环境十分严苛，即使副总经理，办公室也只有12平方米，只有董事长特别助理徐汉忠比较特殊。因为要代表董事长处理事务，召集会议，所以，他的办公室比较宽敞，有30多平方米。

吴老板特意安排，把董事长特别助理徐汉忠的办公室一分为二，请陈惠芬过去办公。

这是一间位于楼道阳面的办公室，16 平方米，与吴老板比邻。

有了窗户，阳光明晃晃地照进来，照映着桌上的一盆茉莉花，滴青流翠，花白似玉。

浓浓的香气，像袅袅的茶雾，在屋内飘浮……

14．大老板的小红包

● 一个部门经理高高兴兴地上班，猛然发现电脑打不开了。他被解雇了！

● 堂堂大老板，过年过节时，往往会赠送身边工作人员一个红包。里面装有多少钱？

早上八点半，沪士集团一个重要部门的经理高高兴兴地上班后，突然发现电脑打不开了。这时，总经理特别助理打来电话：你被解雇了，请马上收拾桌面，交接文件，并到财务部结算工资。

这位经理惊问：为什么？

你的执行力不足！

……

沪士集团的生产经营仿效日本企业管理模式，制度严格，层级分明，滴水不漏，严峻无情。

集团专门设立一个稽核部，直属董事长和总经理，对生产和管理过程的每一个细节进行全程监督。特别是对每一个员工，每年七月都会进行一次考稽，重点是工作成绩、能力、态度和差错率，然后提交组效处，进行确定。所以，沪士集团的职工每年都会涨工资，但幅度并不一致。

稽核员就像监控探头一样，时时盯紧。比如，每一个圆珠笔芯，用完后以旧换新。如果不能交上旧笔芯，需要说明情况。比如每张打印纸，只要不是正式文件，都需要双面使用。如果单用，便是浪费。

即使是副总经理，每一笔业务招待费，都需提供明细单，连菜单也要审核。

沪士电子与思科、华为、诺基亚和西门子等等这些国际顶尖公司之间的业务来往，全部是电子办公，透明运营，无须见面，绝没有奢侈和浪费，更没有贿赂和腐败。

这些大公司每年都要派员来沪士电子进行稽核，对生产稳定、政策风险、员工福利、环保、超时加班、社会责任等等进行考评，以最大限度地降低风险，确保供货稳定。

稽核期间，即使是远方来客，双方也是公对公，

AA 制。

……

一个年产值 30 亿的集团公司，业务遍及全世界。但一年的交际费（包括差旅费、招待费、礼品费），总共不超过 100 万元。

身为国企曾经的领导，陈惠芬自愧弗如。

台湾人的很多优点，颇让陈惠芬感慨和深思。

台湾人普遍敬业爱岗，珍惜工作。这一点无须多言。

工作期间，台湾人丁是丁，卯是卯，一丝不苟，像机械一样刻板。但工作之外，却是亲和儒雅，相互尊重，讲究平等，少有等级观点。平时请客吃饭，职位最高者自动买单，因为职高者薪水厚，挣钱多，理应如此。

在沪士餐厅，没有小灶。董事长、总经理与员工一起排队买饭，同桌用餐。穿着工作服的董事长与总经理，与员工们混在一起，分不出职级高低。

就餐时，大陆的不少员工常常吃不完，扔掉。而董事长吴礼淦，粒米不剩，光盘政策。

对粮食的爱惜，对文化传统的敬畏，一如古人。

与大陆更大的区别，在于礼品赠送。

大陆人，以礼品贵重表示情重，所以，官员或企业家送礼时往往出手大方。但台湾人不会注重价值，而是着意情调，往往赠送一些当地风味的小食品，或纪念品，很廉价，却很别致。

再就是礼金。别看沪士电子集团在公开奖励或旅游投入时，一掷百万，在所不惜，但在个人馈赠时，却是典型的“蚊子放屁——小气”。道理很明白，前者是工作费用，是经营活动，而后者是个人行为，不能入账，更不准变相报销。

有一个鲜活的细节可以对比。

过年过节时，陈惠芬代表组织慰问员工，往往会送一个红包，里面是100元，表示喜庆和心意。这是集体的关怀，组织的温暖，是工作开销，有账可查，笔笔清楚。

而台干见到员工或身边工作人员，除了嘘寒问暖，往往也送一个红包。里面装有多少钱？

只有5元，或10元。

为什么？

这些费用都是台干自掏腰包，不能充入工作费用。

所以，台湾人在工作交往中，很少送礼金，更不送贵重礼金。

这是他们的文化，他们的习惯。

风清气正，没有奢靡！

1984年《中共中央关于经济体制改革的决定》第一次系统阐述了党在现阶段对发展个体经济的基本指导方针，指出“坚持多种经济形式和经营方式的共同发展，是我们长期的方针，是社会主义前进的需要”。

15. 福委会

● 整个选举和投票过程，全部记录在案。公开透明，完全民主。

● 这一年，是吴老板来大陆创业后最火旺的一年，生产销售，均创新高。他有什么理由不高兴呢？

2000年之后，在陈惠芬的主持下，沪士电子集团全面实行后勤社会化，把食堂、卫生、绿化和宿舍管理等等全部承包出去，交给专业机构打理。

从此，她可以专心地从事党务和工会工作了。

在筹备工会的过程中，陈惠芬特别借鉴台湾企业职工福利的有关规矩和习俗，专门成立了一个“福利委员会”。

“福委会”委员设31个人，其中只有两人常任：副总经理李明贵代表资方，陈惠芬代表工会。其余29人，完全依靠选举产生，代表全体职工。

代表选举过程是，每个选区按人数比例分配名额，自我推荐、联名推荐均可，但每一个候选人都要公开在各自选区发表演说，争取信任，然后公开选举；选举时，现场置放一个投票箱，当面投票，当面唱票。“福委会”委员两年一选，连任不超过两届。

“福委会”开会时，一般都在节假日，或在午餐时间，没有加班费。31个代表，都要出席投票，缺席者放弃权利。会前通知议题，代表们各自广泛调查，征求员工意见，形成腹稿。

议题全部是关乎员工各种福利事项。比如节假日如何调整休息？公司举办什么样的文艺活动？过年过节发放什么礼品和奖品？发放多少？大病大灾职工的救助等问题。

最大的事项是旅游。

集体旅游，已经成为沪士文化的一道亮丽风景。但每年的旅游路线如何设定，却又众说纷纭，只能通过代表投票解决。票决后，再请公司采购部门寻找各家旅游公司，进行旅程设计和询价，然后提交“福委会”。最后，再次经过票决，形成决议。

职工运动会上，员工们都要求陈书记当拔河赛的裁判，大家都说陈书记最公正。

整个过程，全部记录在案，公开透明，完全民主。

最初的两年，旅游目的地都在本地：苏州和上海。

1999年，大家希望走得远一些，走出江苏，到浙江的千岛湖。

2000年，多数职工提出要走出长三角，去安徽，看一看黄山迎客松。

福委会经过讨论后表决，去！

可核算一下费用，需要350万。

陈惠芬吓一跳，竟然这么多。

她心底没谱，正在盘算着如何向老板陈说，没想到吴礼淦异常爽快：“没问题，这些钱本来就是大家一起挣来的。”只是提醒她，要注意安全。

是啊，这一年，是吴老板来大陆创业后最畅快的一年。一场大火，把大家的热情全部点燃了。

这一年的生产销售，异常火旺，均创新高。

他有什么理由不高兴呢？

16. 旅行中国

● 旅行归途中，他们便成了恋人。男人亢奋，女子羞红。

●“日本麦当劳之父”藤田田说：“感情投资是在所有投资中，花费最少，回报率最高的投资。”

黄山之行，陈惠芬精心组织，在保证安全的同时，还举办了一次征文和摄影比赛。

全体员工，分成六批，轮流出行。旅游期间，岗上员工由三班倒变成两班倒。

大家身穿沪士集团的统一制服，头戴印有沪士集团Logo的红色旅行帽，包乘七八个车厢，打着厂旗，迤逦而行。

云海、日出、迎客松，波澜壮阔的黄山美景，激扬着大家心底五彩斑斓的热情。

一路欢笑，满天歌声。

同样的队伍，出现在北京火车站。

数百名男男女女，排队上车，井然有序。虽是成人面庞，却是小学生般整齐。

在车站送客的一位北京老干部，好奇地问陈惠芬：“你们都是学校老师吗？”

“不是老师，我们是企业员工！”

“你们来自哪里？”

“江苏昆山！”

“那你们肯定是大型国企吧。”

“不，我们是一家台资企业！”

北京的目光亮亮的，惊讶。

这是2002年，他们去北京旅游时的一个花絮。

2003年，他们的旅行目标是西部，而且是包乘飞机。

从上海飞往重庆，把山城美景领略一遍后，又乘坐游轮，到丰都鬼城，接着前往宜昌，浏览三峡。最后从宜昌飞回上海。

快乐行程五六天。

……

旅游的过程，也是交流融通的过程。不少单身男女员工借此机会，相识相知，缔结友谊，由友谊而爱情。

资讯部课长王翔，贵州省平坎人，复旦大学数学系毕业。朱瑞珏是一位漂亮的昆山姑娘，温柔却内向。两人都在公司三楼办公，相望相识却不相知。工作时间忙忙的，哪里有时间聊天呢。下班后，大家各自归巢，陷入到各自的圈圈里，无缘相遇。

陈惠芬了解到他们都没有对象，条件般配，便在一次旅行之前，有意安排在一组。

一路旅行，一路交流。

归途中，他们便成了恋人。

男人亢奋，女子羞红。

“以爱为凝聚力的公司，要比靠畏惧维系的公司稳固得多。”美国西南航空公司总裁赫伯·凯莱赫如是说。

而日本著名企业家，“日本麦当劳之父”藤田田则更直接地告诫：“感情投资是在所有投资中，花费最少，回报率最高的投资。”

是的，严格管理是根本，感情投入是灵魂。就像法制建设与道德建设，就像物质文明与精神文明，两者缺一不可。前者保证主体基本的科学运转，后者却在深层次地激活智慧、能量、亲近力和主动性。

这是最高的经营之道，管理之道。

更是最便捷的成功之道，辉煌之道！

……

凝聚力、向心力、归宿感，与日俱增。像一块块分散的石头，聚成了一座浑厚的山；像一涓涓凌乱的溪流，汇成了一条丰盈的河……

在昆山采访时，我听说这么一个故事。

一位台商有意在江浙一带大笔投资，昆山市官员闻讯，立即登门招商。双方见面后，台商首先并没有谈土地价格和优惠条件，而是滔滔不绝地谈起了中华传统文化，从孔子、老子、司马迁、朱熹，一直谈到顾炎武，越谈越精神。而昆山的这位官员越来越纳闷：我

们是在谈生意,还是在谈文化?同时,他心底发虚,因为台湾人谈到的这些国学知识,他只知皮毛,无法交流。

谈到昆山所属的苏州和江苏的"苏"字,台商问繁体字如何写。这位官员满头冒汗。台商一笔一画地写出"蘇"字,遗憾地说:"这个字,就是江苏和苏州的专用,就是鱼米之乡的意思啊,改成简化字,味道全没有了。"

又谈到顾炎武,这位昆山官员除了那句"天下兴亡,匹夫有责"之外,再无所知。台商兴味索然,婉言送客。

幸好,另一个颇懂文史的官员,再次登门,才重归于好,顺利招商。

这位台商虽然略有迂腐,但也可以看出台湾人对中华传统文化的热爱。的确,台湾的小学生就开始学习四书五经,几乎每一个初中生,都可以背诵《道德经》。

不得不承认,台湾人对中华传统文化的继承和坚守,更全面、更深入!

17. 遥远的葡萄

● 心，应该是一棵树，在缄默中伫立，既能接受阳光，也能包容风雨。

● 她在一个树丛中，苦苦等候两个小时，频频打电话，报告地点和车号，像地下党接头。

工作一如既往的琐碎而具体。

集团业务处有一位新疆姑娘朱丽，大学毕业后，和男友一起来到沪士集团工作，进而结婚成家。小两口婚姻幸福，收入丰厚，其乐融融。

2000 年 8 月，朱丽在昆山城北医院诞下一个女婴。由于家境困难，路途遥远，双方家人都没有前来侍奉，只有丈夫陪伴。

不想三个月后，小朱出现呕吐现象。

刚开始，她以为是吃坏肚子，肠胃问题。后来，每况愈下，日益严重。陈惠芬急忙安排把她送进昆山市中医院。经检查，是一种极为罕见的先天性血管畸形，且破裂，是病人母亲二十多年前生她时所遗留病灶的爆发。

病情越来越严重，病人已经失去知觉。

情况紧急！必须马上转往大医院。

陈惠芬马上通过朋友关系，联系上海。可对方医院没有床位。

怎么办？只有请专家前来会诊。

在她的再三恳请下，对方医院的一名专家勉强答应出诊。

她亲自带车去迎接。由于对方医院严禁医生上班时间请假出诊，她和司机陈惠珍一起，在对方医院附近的一个树丛中，苦苦等候两个小时，频频打电话，报告地点和车号，像地下党接头。

专家来到昆山会诊后，决定马上转往上海！

于是，她又请求这位专家帮助寻找病床。

病床确定后，她又联系车辆，亲自送，亲自抬。

小朱住院期间，由于双方父母远在新疆农村，仍然不能前来，陈惠芬便常常前往侍候。

同病舍的病友问她："这是你的女儿吗？"

陈惠芬点点头："是的。"

一个月后，小朱终于从死亡线上康复过来。

从此之后，小朱的父母，每年都会给陈惠芬寄来一箱新疆上好的马奶子葡萄。

50 岁的采购部经理卢秀丽，是一位“高贵”的“台干”。

2002 年 12 月的一天早上，她刚刚上班，便感觉头疼，只得请假回住处休息。午饭时有人打去电话，不接。同事推想她正在休息，未便打扰。直到晚上六点，“台干”们要一起吃饭，再打电话，仍是不通。这才感到事态严重。

破门而入。卢秀丽躺在床上，满脸蜡黄，昏厥不醒。

马上送到医院。经检查，血管破裂，蛛网膜脱落，脑溢血。

医院当即下发了病危通知书！

副总经理李明贵担心地说：“是不是包一架飞机，送回台湾？”

陈惠芬说：“病人这个样子根本不能颠簸。而且我们大陆有最好的脑外科医院——华山医院。我已经联系专家前来会诊，正在路上。”

当天晚上，病人被送入重症病房。

华山医院的专家与昆山医院的主治医生共同研究出一个治疗方案。

病情极其危重。陈惠芬只得与病人在台湾的老公联系，让其火速赶来。

第二天，陈惠芬陪同病人老公进入重症病房。老公哭喊：“我爱你，你要挺住，咱们女儿在加拿大，还没有回来啊。”

可，病人一无所知。

激动的老公，强烈要求马上转往上海华山医院。

此时正是病情起伏期，如果转院，不仅十分麻烦，也特别危险，半路上出现意外怎么办？

陈惠芬与吴传彬总经理紧急商议。迫于家属的焦切愿望，吴也只好同意。与华山医院联系，对方勉强答应，但指定医生务必一路护送到上海。

陈惠芬与医生一起，一路小心翼翼，不断地抚摸其鼻孔，刺激其指尖，并与其说话，进行提醒。

一个多月后，病人终于抢救过来了。

……

每年，像这样的突发事件，都有若干起，而党组织和工会专职人员，只有她一个人。

忙不过来的时候，陈惠芬就发动党员，还有入党积极分子。

她的身后，是一个群体，一个方阵呢。

1987 年 11 月，中共十三大进一步明确提出鼓励发展个体经济、私营经济的方针。

1988 年 4 月，七届人大一次会议通过宪法修正案，确定了私营经济的法律地位和经济地位。

宪法第十一条增加了“国家允许私营经济在法律规定的范围内存在和发展。私营经济是社会主义公有制经济的补充。国家保护私营经济的合法权利和利益，对私营经济实行引导、监督和管理”的条文。

18. 第二把火

● 所有人都惊骇万分，连满院的汽车们，也瞪大了眼睛，急得“嗷嗷”狂叫。

● 一百多人，像从战场上归来一样，衣服上冒着烟，浑身灰黑，只有牙齿是白净的……

火如鬼魅，随处隐身。有的时候，真是防不胜防呢。2003 年 9 月 18 日下午 5 点许，沪士电子集团的核心部位——电路板印刷车间因为线路问题，莫名其妙地引发明火。由于抽风管壁存有杂质，形成助燃，火势骤然扩大。

车间里堆满塑料风管和树脂材料，全是易燃物，火势迅速扩大。

一时间，大火熊熊，浓烟冲天。

着火点在一楼，上面还有二三四楼。更重要的是，宽敞的风口直通楼顶，极易通风导火。如果燃烧开来，不可想象。

所有人都惊骇万分，连满院的汽车们，也瞪大了眼睛，急得“嗷嗷”狂叫。

这个时候，又是门卫龚志荣和他的伙伴们，冲进去，砸碎消防玻璃，打开消防栓，举起消防水龙头，拼命地阻止火势蔓延。而同时，百余名员工戴着口罩，在火场中进进出出，快速地搬运印刷线路板。一块线路板价值几千元、上万元。更重要的是，这些线路板都是别人的订货啊，交货日期都是铁定的。

现场“噼噼啪啪”，像枪响。

浓烟滚滚，直冲蓝天，整个昆山市都看到了。

昆山市市长张国华正在离此不远的市政府开会，听到警报，看到烟柱，马上中断会议，跑步过来。

与此同时，昆山市消防队的几辆消防车也火速赶到，投入战斗。

当时，老板吴礼淦正在昆山市内与朋友聊天，接到电话后，火速赶回。他来到现场时，竟然发现昆山市长正在现场指挥。

看到陈惠芬和不少女工也在火场中忙忙碌碌，吴礼淦紧张得心脏快要从嘴巴中跳出来了，连忙高喊：“女士不要进去！ 女士不要进去！”

但似乎没有人听他的。 女工们仍旧和男人们一起在火场中来来往往。

半个多小时的紧张“战斗”，火势终于控制住了，避免了一场更大灾难的形成。

一百多人，像从战场上归来一样，衣服上冒着烟，浑身灰黑，只有牙齿是白净的……

面对这一切，吴老板再次无语，震撼。

在日本和台湾地区，管理制度虽然严格，一刀切，但大家各负其责，事不关己，高高挂起。 特别是在发生火灾这样最危险、最关键的时刻，大家不是往里冲，而是往外跑，因为大家首先想到的是如何保证自身安全，而不是去冒险抢救。 但在这里，大家仍然保持着这种传统的正义，和奋不顾身。

而恰恰是这种主动的冒险，不仅避免了一场更大的事故，更把灾情的损失降到了最低。

台湾的文化结构，多元且畸形。

由于特殊的历史原因，台湾地区深受日本文化影响，不少人有“哈日”倾向。后来，又因为美国“援助”，产生了“哈美”一族。满脑子美国价值的留美精英，在台湾政界、产业界和文化界，占有很大比例和很高地位。

其实，除了美国、日本等国的意识形态之外，荷兰、法国乃至西班牙、葡萄牙文化，都在台湾文化形体上留存着浓浓淡淡的印痕。

但是，不可否认，对台湾影响最深远和最深刻的，还是中华传统文化。

因为，台湾之根之魂，全在大陆！

19. 我要入党

● “小包，下个月是我儿子婚礼，请你担任主持人。”

● 她就像是一块大磁铁，把这些散碎的铁屑，统统吸附到一起了，凝结成一个铁团，一个铁块……

“小包，下个月是我儿子婚礼，我想请你担任主持人。”陈惠芬微笑着，却是严肃地对她说。

包雅琴惊呆了。

2005年3月，陈惠芬的儿子就要结婚了。按照昆山本地的规矩，要聘请有知名度的专业婚庆公司的主持人。可陈惠芬，偏偏看中了她这个缺乏经验的“菜鸟”。

“您找一家有知名度的公司吧。”包雅琴吓得浑身颤抖，胆怯地说。

“你现在已经小有名气啊，是咱们集团最有知名度、最具潜力的主持人。”陈惠芬鼓励：“我看你行！”

小包的脸更红了。

“反正我也不付你出场费。主持成功，算你吃亏。主持砸了，你也不负责任，咱们互不埋怨。”陈惠芬半开玩笑地说。

婚礼那一天，包雅琴精心准备，大胆登台。

出乎意料的是，她的主持十分成功，赢得了一阵阵掌声。

……

原本陌生的舞台，包雅琴感觉越来越熟悉了，心里愈发地踏实了。渐渐地，她感觉自己能够驾驭一个宽大的舞台，以及舞台上的演员，和舞台下的观众。她感觉自己与整个舞台融为一体了。

而自己是主角，是中心。

这些年，与陈惠芬在一起，那么快乐。信心，原来是一株含羞草，畏畏缩缩，而现今，已经成长为一棵健硕的小树，任凭风吹雨打，我自岿然不动。

2005 年，陈惠芬组织党员开展生产技能竞赛。

无论在工作中，还是在生活中，面对所有的困难，包雅琴都是像陈惠芬那样，那么微笑，那么淡定，那么耐心，都能想出办法，都能解决。

人人都说她是好大姐，真正的共产党员，我也要像她这样。于是，包雅琴更自信了，更自觉了。

这年底，包雅琴正式提出了入党申请。

“欢迎啊，但你要写申请书。”陈惠芬说。

柏伟的工作照例很忙。

台资企业里，工作和生活节奏快快的，像陀螺。大家来自四面八方，文化背景不同，生活习惯不同，追求爱好不同，各自散散碎碎，工作方面虽有沟通，但工作之外联系接触较少。

其实，这些年，因为家庭负担较重，柏伟的心情并不好。

生完孩子后几年，她离婚了，独自带着一个女孩。工作忙忙的，家里空空的，有时候，她的心底泛滥着一种苦苦的中药味儿。

唯有工作，总是那么忙碌而充实，这是她唯一的安慰。

尤其，她的心事，陈惠芬总是能一眼洞穿，总能在最需要的时候出现在面前。于是，她们成了好朋友。

陈惠芬不仅是她的好朋友，而且是大家共同的好朋友。

她似乎永远不知疲倦，永远精神亢奋。

于是，大家都愿意与陈惠芬接触。

她就像是一块大磁铁，把周围散碎的铁屑，都吸附到一起了，凝结成了一个铁团、一个铁块……

“黎明即起，洒扫庭除。”

“一粥一饭，当思来之不易；半丝半缕，恒念物力维艰。”

“宜未雨而绸缪，毋临渴而掘井。”

“见富贵而生谄容者，最可耻；遇贫穷而作骄态者，贱莫甚。”

……

这些国人耳熟能详的修身格言，均来自于一篇千古流传的经典《朱子家训》。

其作者，也是昆山人。

朱柏庐（1627～1698年），字致一，著名理学家、教育家。他隐居教读，潜心治学，以程、朱理学为本，提倡知行并进，躬行实践。他深感当时的教育方法使学生难以学到真实的学问，故自编教材。其教育核心思想是节俭、仁爱和自律。

《朱子家训》全文516字，文字通俗易懂，内容简明赅备，对仗工整，朗朗上口，问世以来，不胫而走，成为家喻户晓、脍炙人口的教子治家经典。

他提倡和坚守的“严于律己”的做人准则，永远具有现实意义。特别是当下，在政府掌控权力并承担巨大责任的情况下，官员个人的品行和操守，至关重要。

《朱子家训》，是昆山对中华传统文化的巨大贡献！

1992年12月，中共十四大明确了中国经济体制改革的目标是建立社会主义市场经济体制，并提出要以公有制包括全民所有制和集体所有制为主体，个体经济、私营经济、外资经济为补充，多种经济成分长期共同发展。

第四章

窗外是宇宙

当今的时代，是电子信息的世界。

而电子信息产品的心脏，是线路板，蜂巢一样复杂。

如果没有电信，世界将会怎样?

沪士电子集团的主干产品，专注于电子信息领域中分量最重的通讯设备、网络设备和汽车控制三大领域，在世界市场上享有盛誉，综合实力占据第十七八位。

2004年开始，沪士电子集团调整战略，在稳扎国际市场的同时，开拓中国大陆市场，华为、中兴等大陆著名电子企业，逐渐成为其主要用户。一时间，沪士电子，风生水起……

尊敬的朋友，也许您掌中手机、座下汽车的核心电子控制系统，就来自沪士电子集团呢。

普通电路板，只有几层，已属高科技。如果达到18层，就算超多层了，更是超高科技。而沪士集团的产品，居然能够达到64层。就像一本薄薄的书，却嵌入了世界最高端、最精密的信息技术密码……

昆山城内老街上，距离陈惠芬老家不远的地方，是王安旧居。

提起“世界电脑大王”王安，各国企业界和电脑界，无人不知，类似于现在的比尔·盖茨和乔布斯。

王安，1920 年 2 月生，昆山玉山镇人，少年时代就读于昆山近民小学，1933 年考入江苏省立上海中学，1940 年毕业于国立交通大学电机工程专业，1945 年被派往美国深造。1948 年，王安获哈佛大学应用物理学博士学位，同年加入霍华德·艾肯（Howard Aiken）的“哈佛计算机实验室”，参与“马克 4 型”电脑的研制。不久，他发明“磁芯记忆体”（即磁芯存储器），大大提高了电脑的贮存能力。

1951 年，王安以仅有的 600 美元，创办电脑公司。

1964 年，经过多年攻关，王安终于推出了用电晶体制造的桌上电脑，并由此开始了自己的辉煌。

1968 年 6 月，王安公司生产试制出了 3300BASIC 和 700 型两种电脑，而后又推出 2200 型迷你电脑。这些电脑上市后，很快风靡世界。

在开发通用电脑的同时，王安公司开始研制文字处理机 WPS，并再次取得重大突破。两年后，王安公司便统治了美国所有的现代化办公室，并成为全世界电脑市场最大的供应商，从而成就“世界电脑大王”的美誉。

1986年前后，王安公司达到鼎盛时期，年收入达30亿美元，在世界各地雇佣3.15万员工。而王安本人，也跻身美国十大富豪之列。

1986年10月，邓小平在人民大会堂会见王安时，握着他的手说：“你在美国很出名，现在是家大业大。这可是你自己奋斗出来的啊！”

1986年7月4日，纽约自由女神落成100周年纪念仪式上，王安被选为全美最杰出的12位移民之一，接受了里根总统颁发的“总统自由奖章”。这是荣获此奖章的第一位华人。

1988年，王安再获殊荣，被列入美国发明家名人堂。在王安入选之前，只有爱迪生等68人入选。王安，也是荣登美国发明家名人堂的第一位华人。

王安之所以能够获得如此巨大成功，是因为他左手有一张“中国牌”，上面刻着“刻苦耐劳，知人善任”；而他的右手，又有一张“美国牌”，上面写着“冒险进取，着眼未来”。

20. 瓜熟蒂落

● 金光闪闪的牌匾，终于堂堂正正地挂上了台资企业的门楣。

● 这一天早上，吴礼淦老板专门赶到美发店，整理了一下花白的头发，并特意打上了一条鲜红的领带。

陈惠芬认为：在非公企业中，业主追求利润最大化，与尊重员工的合法权益并不矛盾。因此，她积极向台商宣传、解释国家有关法规，多次协商有关员工福利待遇问题。

在给公司管理层做思想工作时，她总是把美国福特公司老总的两句名言放在嘴边："爱你的员工，他就会加倍爱你的企业。"

"生产效率的提高，没有什么奥秘，纯粹是在于人们的忠诚；在于他们经过成效卓著的训练而产生的献身精神；在于他们个人对公司成就的认同感，用简单的话说就在于员工及领导个人之间的那种充满人情味的关系。"

经过几年筹备，沪士电子有限公司的工会选举，终于成熟了。

2004 年 11 月上旬，公司所属各部门，由下而上，先后召开会议，按比例推选代表。经过层层选举，共产生 122 名基层工会代表。

11 月 8 日，沪士公司工会代表大会隆重召开。

122 名工会代表，选举出由 25 名成员组成的工会委员会。而后，分别以无记名投票方式，选举产生了沪士电子有限公司工会第一届工会委员会和经费审查委员会。

这一天，陈惠芬正式当选沪士电子有限公司工会委员会主席。

金光闪闪的牌匾，终于堂堂正正地挂上了台资企业——沪士电子有限公司的门楣。

这是昆山市非公企业第一家!

这一天，苏州市总工会领导来了，昆山市总工会领导来了，省内外的新闻记者来了。

吴礼淦十分惊讶。他不明白，一家台资企业工会的成立，至于吸引这么多人吗?

他不知道，这一块牌匾，是中国共产党党组织在昆山市台资企业中的第一个阵地。

这是一次重要突破!

随着员工人数的增多，沪士电子有限公司已有将近 80

名党员。

按照党章规定，拥有 50 名党员以上的党组织，可以成立党总支。

2005 年 7 月，中共沪士电子有限公司党支部，正式升格为党总支。

公司规模持续扩大，党员人数继续增多。截至 2007 年 5 月，全公司党员人数已经达到 160 名。

按照党章规定，100 名党员以上可以成立党委。

这一年 7 月 1 日，在昆山经济技术开发区非公企业党委的指导下，沪士电子有限公司党委成立大会隆重举行。党委下设 5 个支部。

台资企业成立党委，这在昆山市和苏州市，又是第一家！

这一天，苏州市委常委、组织部长，昆山市委主要领导，都参加了大会。

这一天早上，吴礼淦老板专门赶到美发店，精心整理了一下花白的头发，并特意打上了一条鲜红的领带。

这是国旗的颜色，也是党旗的颜色。

吴礼淦与苏州市有关领导一起，出席了这个俭朴却又隆重的揭牌仪式。

那一刻，他特别激动。

他感慨地说，通过这几年与陈惠芬书记的接触，我才进一步明白，共产党为什么能够深得人心，为什么能够克服重重困难，走向一个又一个胜利；我这才知道，当初弱小的共产党为什么能够打败强大的国民党。

副总经理李明贵的发言更加具体。

他说，台资和日资企业注重用制度管人，严厉处罚多。但很多事情，需要用心去填补。比如在生产线上，完全按照规程操作，不一定产品合格。而如果完全用心去做，则肯定会臻于完美。

共产党代表着这个国家的根本利益，既然敞开胸怀，邀请台资企业来大陆发展，就是希望对方发挥出管理、技术方面的独特优势，借助大陆的优惠政策，把企业发展壮大，为企业本身创造财富，也为大陆提供税收和技术支持。

而且，台资企业是完全的经济团体，而企业内部的党组织，其基本职责是：贯彻党的方针政策，引导和监督企业遵守国家的法律法规，领导工会、共青团等群众组织，团结凝聚职工群众，维护各方的合法权益，促进企业健康发展。从这个意义上说，双方的根本利益完全一致。所以，双方应该完全放开，互相信任，把各自的优势发挥到最佳。

大陆方面除了优惠政策之外，最大优势就是政治优势，借助各级党组织的坚强堡垒作用，把每一名党员、每一名员工的积极性调动起来，使企业发展得更大、更强，更好地服务地方，走向世界。

而恰恰在这一点上，正是台资企业所缺少的，也正是他们最需要的。

1997年9月，中共十五大确立“以公有制为主体、多种所有制经济共同发展，是中国社会主义初级阶段的一项基本经济制度”。确认“非公有制经济是中国社会主义市场经济的重要组成部分。对个体、私营等非公有制经济要继续鼓励、引导，使之健康发展”。

21. 爱的力量

● 沙滩中的金粒,看似闪光,实则无用。只有聚集成块,才是珍贵,才是宝物。

● 过去,她是一个胆怯的小姑娘,不知道与人如何交往。而现在,她可以掌控几千人的场面。

包雅琴越来越自信了。

年底,公司的“尾牙”摸奖活动,包雅琴成了当然的主角。上千人的会场,她站在上面,主持、表演、唱票,那么自然,那么得体。她突然感觉,自己能够驾驭这个硕大的舞台了。

在工作中,她也变得更加从容了。

她试着像陈惠芬那样,用党员的标准要求自己,对人热情,对工作认真,尽力地帮助别人,让别人快乐。这样之后,她惊喜地发现,同事对自己更友好了,领导对自己更满意了,周围的环境也更融洽了。

的确,包雅琴很有灵性,但这些灵性是散碎的,就像沙滩中的金粒,看似闪光,实则无用,只有聚集成块,才是珍贵，才是宝物。而能使你聚敛起来的人，必须是一个真正懂你的，爱你的，既呵护你又严苛地督促你上进的人。

而这个人，正是陈惠芬！

这一年，包雅琴通过“希望工程”办公室，主动联络昆山市柏庐小学的一名贫困学生，每月资助 200 元。

公司有很多人骑自行车或电动车上下班，经常出现轮胎瘪气的情况，而路边提供充气的摊点越来越少了。于是，她买来几个充气筒，放在门岗处，任人使用。

门外的人行道上，总是有人乱扔垃圾。下班的时候，她总是和几个姑娘来回拾捡。

时间长了，大街上的风气在悄悄改变。

有人扔下一片纸屑，看到她走来，连忙说：“不好意思，不好意思，我自己捡吧。”

她把这种理念，也带到社会生活中。每当朋友和邻居们发生困难时，她总是第一个站出来，提供帮助。所以，朋友们都更加喜欢她了。

她的周围都是阳光，都是笑容。

有一天傍晚，她加班，回家晚了，婆婆打电话询问。

她说：“我要加一会儿班。你们先吃饭吧。”

“那我们等你啊。”

“不用，不用。”她连忙说。

但是，公公和婆婆一直在餐桌前静等着，直到她回家，才微笑着一起开饭。

这顿饭，虽然菜凉了，饭硬了，却是她人生中最美味的一顿晚餐!

……

包雅琴的人生，真是彻底改变了。

过去，她是一个胆怯的小姑娘，不知道与人如何交往。而现在，她可以掌控几千人的场面。在生活的温水中，她更是一条欢乐的鱼儿，悠悠自如。而这一切的改变，全来自陈惠芬。

每每想到这里，包雅琴就会浑身温暖。

2007 年 1 月，包雅琴终于入党。

……

22. 室内乾坤大

● 出乎所有人预料的是,老板专门为她装修了一套与自己同等面积的办公室。

● 他轻轻地握一下她的手。蓦地,一股温暖的电流,麻遍了他的全身。

公司业务越来越扩大，办公条件越来越拥挤。

2005 年初，吴老板特别吩咐，专门装修两套办公室，每套办公室附带一个小型会议室。

两套办公室，面积一样大小。

不用猜测，这两套办公室的主人是吴老板和总经理。

此时的总经理，已是吴老板的大公子吴传彬。

吴传彬，1971 年 9 月生于台湾，中学毕业后留学美国，在美国和台湾企业工作。沪士电子有限公司在昆山扎根后，他从最基层车间工人干起，经过各岗位锻炼，逐渐升入公司高管，2001 年就任总经理。但吴传彬上任后，仍是保持着过去的工作作风，不设单独办公室，只是与两个助理同处一室，共同办公。

两个月后，两套办公室装修完毕。

出乎所有人预料的是，吴老板除了自己使用一套外，把另外一套分配给了陈惠芬。

陈惠芬大吃一惊："这套办公室还是给总经理使用吧，他与秘书在一起办公，不方便的。"

"不用，他是新手，还需要历练，和秘书们在一起也好，便于随时沟通。这套办公室就是专门为你装修的。你的工作太忙碌了，需要有一个方便、舒适的办公室。另外，你需要经常开会，应该有一个专用会议室。"

吴老板怔了一下，又说："我观察了一下，大陆企业的党委，大都如此。我们，也照此执行吧。”

陈惠芬心头一热。

……

坐在宽大的办公室里，陈惠芬的思路更加宽阔了。

57岁的“台干”徐汉忠，是吴老板的特别助理，每天忙碌得像陀螺。

原来，陈惠芬的办公室与徐汉忠相邻。两人肩并肩，各自忙碌。

有时候，徐汉忠会开玩笑：你的办公室越来越大，我的办公室却越来越小；你越来越红，我越来越凉……

都是为老板工作，都是为了企业发展，哈哈。

相视一笑，其乐融融。

两个人，成了好朋友。

但是，这一年，徐汉忠却出事了。

2005年7月的一天晚上，他正在家里看电视，突然感到心痛想吐。由于他有心脏病史，且装有心脏起搏器，儿子马上送他到附近一家小医院。医生检查后，大惊失色，让赶紧送往大医院。

徐汉忠儿子满眼陌生，只得给陈惠芬打电话。

陈惠芬的家就在附近。由于是晚上，出租车稀少，她只好飞跑而来，直跑得满头大汗。陈惠芬喘着粗气，将徐汉忠送到昆山市第一人民医院。

徐汉忠已处于完全昏迷状态，满脸蜡黄，呼吸微弱。一路上，陈惠芬连连打电话，恳请院方马上组织专家团队，准备抢救。

果然，当她将病人推到手术室时，医生们已经准备好了。

病危！ 医生拿出病危通知书，让家属签字。

徐汉忠的儿子并不了解大陆医疗政策，直吓得浑身颤抖，竟然不敢签字。

时间紧急，分秒必争。 陈惠芬果断拿起笔来，在病危通知书上签下了自己的名字。

抢救到 23 时，手术结束。

凌晨三点，徐汉忠慢慢醒来了。

他睁开眼，首先看到的是一泓微笑，那是陈惠芬。 这时，他才感觉到，他的手与她的手，握在一起。

他想动动身，这才发现自己浑身插满了管子，被束缚在病床上。 他猛地意识到了自己的处境，只是用尽全身力气，轻轻地握一下陈惠芬的手。 蓦地，他感到了一股温暖的电流，麻遍了他的全身。

他流泪了。

1999 年 3 月,全国人大九届二次会议通过的《中华人民共和国宪法修正案》明确规定,“在法律规定范围内的个体经济、私营经济等非公有制经济,是社会主义市场经济的重要组成部分。”

这是国家根本大法对非公有制经济 20 年来生存发展及其贡献的充分肯定。

23. 危机与良机

● 金融危机扑面而来。世界经济纷纷下滑,汽车、电信等行业全面结冰,大幅度裁员……

● 吴传彬怔怔看着这个瘦瘦的女人。最关键的时刻,又是她,替自己担起万斤重担!

2008 年春天,一场由美国次贷危机引发的世界性金融危机扑面而来!

这是自 20 世纪 30 年代经济大萧条以来最为严重的一次经济危机,对全球经济产生了剧烈的影响,被称为“金融海啸”。

当年 3 月，美国第五大投资银行贝尔斯登因濒临破产而被摩根收购；9 月，美国第三大投资银行美林证券又被美国银行收购；几乎与此同时，有着 158 年历史的美国第四大投资银行雷曼兄弟公司也由于陷于财政危机，宣布申请破产保护。

很难有人能够预料到，前后仅半年时间，华尔街排名前五名的投资银行竟然垮掉三家。

随着金融危机的进一步发展，很快便演化成全球性的实体经济危机。各国经济纷纷下滑，数百万计的企业宣布破产，汽车、电信等行业全面结冰，大幅度裁员……

当年下半年，沪士电子有限公司效益越来越差，每月 2 个亿的生产能力，只有七八千万元的订单。

公司董事会迫于生存压力，不得不仿效国际通行做法，准备大幅度减员。

当时的初步规划是，元旦过后，逐渐裁员 2500 人。

一时间，全厂议论纷纷，一片恐慌……

2008 年 12 月，陈惠芬连续分别召开党支部座谈会，希望大家不要盲目悲观，而要认清形势，想方设法。

沪士集团房产公司财务部经理李文华说：“我不愿意看到我部门任何人被裁掉。每个人背后都是一个家庭，如果夫妻感情不稳定，就有可能就此破裂。如果那样，将会增加社会的不稳定。我看可以大家轮流休息，工资压低一些。”

大家眼前一亮。

于是，大伙随着这个思路，三言五语，七嘴八舌，竟然提出了一个好主意。

第二天，陈惠芬主动去找总经理吴传彬：“我想谈一谈如何对付金融危机的办法。”

吴传彬正在对着电脑犯愁。

“听说公司准备裁员？”

“这是国际通行的做法，市场经济嘛，我们也是不得已而为之。”

“可是，裁掉的都是十多年来辛辛苦苦培养起来的熟练工人。用这种方式裁员，大家会心寒，将来谁还会与企业共担风雨？”

她接着说：“而且，如果金融危机过后，这些工人找到了新岗位，我们的技术秘密呢？他们反而会成为竞争对手。”

吴传彬向前探了一下身子，忧心忡忡地说：“陈书记，您的意思是……”

陈惠芬这才说出了大家商量成熟的“上四休三”方案。

吴传彬挥舞双手，脱口而出：“好！好！我赞成，我赞成！”

说完，两人马上召集有关人员，进行深层探讨。

具体方法为：休假从全体党员开始执行，而后是行政人员、后勤人员，最后是一线工人。所涉人员每周上班四天，休息三天。每周多休的一天，首先用年休假抵顶，如果年休假抵顶扣完，再行扣薪。同时，暂停各种业余活动，减少福利支出，压缩各项费用……

忽然，吴传彬想起马上要过年了，往年尾牙，大家一起吃饭、摸奖，要花去几百万。

“今年可以暂停进行。”陈惠芬说：“困难时期，大家能够理解。”

开春之后，紧接着就是集体旅游活动。十多年来，沪士公司的集体旅游已经成为雷打不动的惯例，每人费用为800元。而现在是特殊时期，不仅花费巨大，而且还会耽误生产。

但如果取消旅游，大家肯定会有意见，人心飘移。

这个工作由谁来做？

“我来做！”陈惠芬坚定地说：“我相信大家有这个觉悟。”

吴传彬怔怔看着这个瘦瘦的女人，禁不住站了起来。几年来，她为企业做了太多工作。在目前这个最关键的时刻，又是她，勇于替自己担起万斤重担！

他真是从心底敬重，不，佩服了！

吴传彬结结巴巴地说：“陈书记，我应该怎么感谢你！”

陈惠芬说：“我只有一个条件。”

“什么条件？ 您说吧！”

“不裁一人！”

“好！”

吴传彬走出座椅，伸出双手，紧紧地握住陈惠芬。

24. 众人划桨开大船

● 胡慧安经过反复观察、试验，终于摸索出一套新型配方。3 个月内，竟然节省物耗 91 万元。

● 总经理从特殊经费里拿出 100 万元，全部兑换成新崭崭的钞票，要给大家发现金！

上四休三，决不裁员！

从 160 名党员开始，从 2009 年元月开始，沪士电子有限公司实施了“上四休三”的作息模式。 部分设备轮休，部分员工轮休。

6000 多名员工，感应到了资方的诚心，更感应到了党组织的爱心，于是便凝聚起了一股超乎寻常的与企业共克时艰、同渡难关的决心。

制造部是公司生产部门的最核心，有近3000名员工。经理万军毕业于天津商学院化工专业，是一名最早进厂的老党员。他召集本部门100多名党员开会，又分别召集大陆全体员工开会，组织大家开展提高产品品质活动。

的确，沪士电子有限公司生产的高档电路板，由于科技含量高，每块电路板，仅成本就需要上万元，最高者可达十多万元。58层的电路板，覆上铜铂，像一个多层的夹心饼干。由于制作难度极大，成材率很低。按照世界水平，厂方确定的报废率是15%。

而现在，由于大家格外尽心，良品率大大提升，报废率竟然下降到10%。

员工们说，电路板到我手上，已经过很多道工序，千万不要在我这里出现任何纰漏。只要少报废一块电路板，我们的工资和奖金就全有了。

胡慧安是镀铜车间的操作员，负责为树脂纤维上的线路板镀铜。由于市场变化，原来的五条生产线，不能全部开工，间接地造成水、电、气和人力的浪费。他积极开动脑筋，降低成本。过去的原料为铜球，现在，为了节约成本，又要维持药性稳定，他多方试验，在熔炉里适量适时地加入废铜。经过反复观察、试验，终于摸索出一套新型配方，且不改变质量。

3个月内，胡慧安竟然节省物料耗用91万元。

车间员工都按照他的配方，用心操作。

镀铜工艺的生产成本，大大降低了。

……

在多方共同努力下，沪士电子有限公司在全球金融危机的阴霾下迅速止跌回暖。

五个月后，形势逐渐好转。

订单，慢慢稠密起来了。

2009年6月，吴传彬总经理主动提出取消“上四休三”，集团人员全部回归岗位。

更让大家没有想到的是，吴传彬再次主动提出，要如期如数地为全体职工上调薪资。

人事部门经过紧张测算，决定每人每月上调300元左右。

在金融危机的重压下，还如此加薪，这在全昆山，全中国大陆，全世界，恐怕也是少有的。

一场寒潮，让大家拥抱得更加紧密了！

一个工程师在网上发帖：在如此恶劣的大环境下，公司还主动上调薪资，实在是正能量。顶！顶！顶！

年底的时候，公司财务经理柏伟说，今年销售额22亿，是近几年最少的，但利润却格外高，税后达3个多亿。

还是在这年年底，公司破例决定：增发4个月工资，作为年终奖。

又到年底尾牙时，有人提出恢复摸奖。

总经理吴传彬说：今年不摸奖品了，我要给大家摸现金！

于是，他特意从总经理特殊经费里取出100万元，全部兑换成新崭崭的红色钞票，为今年助兴，为大家助兴，以纪念这极为特殊的一年。

红红的钞票，红红的心情……

25. 妈妈

- 她试探着发短信："陈书记，我能不能叫您妈妈？"
- 过年时候，陈惠芬又送她一个红包。这是当地过年的风俗，给未婚女儿的压岁钱。

身处南国，北方姑娘范冰倩的心，乍暖还寒。

她生于1990年，是河北省柏乡县人，毕业于邢台经贸中专电子电工专业。2009年5月，沪士电子有限公司到北方招工，她和几位同学经过笔试和面试，被录取。

范冰倩的童年是灰色的。出身农门，家境贫寒，父亲又患染肺病，常年用药。更不幸的是，当年正是计划生育政策执行最严厉的时候，父母的最大愿望是生一个男孩，而她是女娃。所以，她生下不久就被送到舅舅家，由于没有外婆，由外公一手带大。直到8岁时，她才回到自己仍然贫寒的家。12岁时，父母终于生下了一个男孩。不言而喻，父母把更多的爱给予了弟弟。她从小就是一颗孤独的灵魂，与父母交流不多。

前来沪士上班的时候，家里拿不出路费，她只好从朋友处借了500元。父母也没有送行。她自己拉着行李箱，踽踽独行。长空孤雁。

进入公司后，就是军训。

军训之后，几个北方的朋友，由于受不了台资企业的严格管理，先后离开。而她却留了下来，担任制造部作业员。

正是这个时候，她认识了陈惠芬。

那一天，陈惠芬来上课，进行职业培训。一脸温柔，满堂春风。

讲完课后，陈惠芬主动把自己的电话号码写在黑板上，并承诺24小时开机，随时欢迎大家联系。

听到这里，她心内一颤。

当天晚上，她试着发了一条短信。不想，陈惠芬马上就回复了，与她交流，谈心。态度特别和蔼，像老师，更像妈妈。

一个月后的一个晚上，范冰倩试探着发短信：“陈书记，我能不能叫您妈妈？”

陈惠芬怔了一下：“那就叫我陈妈妈吧。”

从此之后，范冰倩又有了一个情感上的妈妈。

工作之余，她经常给陈惠芬发短信、打电话。下班的时候，她就在楼下等着陈惠芬，陪她走一段路，说一说心底话。

这年中秋节，天气转凉的时候，陈惠芬送她一身衣服，和一双鞋子。

过年的时候，陈惠芬又送给她一个小红包，里面有 500 元钱。

这是当地过年的风俗，给未婚女儿的压岁钱。

“天下兴亡，匹夫有责”，这是国人最为熟知的爱国名言之一。

原创者为谁？

昆山人顾炎武！

顾炎武（1613—1682 年），名绛，字忠清，明亡后改名炎武。他出身乡官，自小读书，14 岁参加复社活动。清兵南下时，他同昆山知县杨永言等人一道据守昆山。城破，顾炎武的两个弟弟被清兵杀死，继母王氏也绝食自杀。此后，他以商人身份暗中活动，联络抗清力量。后被官府追捕,逃离江南。在北方的20多年里,坚持反清。

顾炎武平生不做无益之文,主张“文不苟作”,“须有益於天下”;治学强调“经世致用”,反对空谈,注重实地考察。他一生著述宏富,在地理、金石、音律上都有建树,所著《肇域志》、《天下郡国利病书》、《金石文字记》、《音学五书》等书均具有很高的学术价值。

在代表作《日知录》中,他第一次发出了被后人总结为“天下兴亡,匹夫有责”的呼喊。从而成为中华民族仁人志士最炽热的爱国宣言!

2005年,国务院《关于鼓励支持和引导个体私营等非公有制经济发展的若干意见》正式下发。

这是一部全面促进非公有制经济发展的重要的政策性文件,对于推动非公有制经济跨入历史发展的新阶段,实现更快更好的发展,具有重要的现实意义和深远的历史影响。

第五章

茉莉花开

2009 年 5 月，吴礼淦董事长找到陈惠芬，说："咱们出来办公吧。"

沪士电子有限公司规模越来越大，下面陆续成立许多分公司。总部公司在生产厂区的对面又开发了一座写字楼，将部分高层管理部门搬迁过来。

在三楼，吴礼淦董事长再次为他和陈惠芬开辟了两套办公室。

仍是过去的格局：一间办公室，携带一间会议室。

办公室面积都是 20 平方，只是陈惠芬的会议室面积达 100 平方米，比董事长的会议室还要大 20 平方。

吴礼淦说，你们党员人数多，董事会人数少，大会议室就归你使用吧。

偶有董事会扩大会，吴礼淦董事长便会向陈惠芬借用会议室，特别是外面来人参观、视察时，这里更是必选之地。因为这里有党章、党徽和党旗。

吴礼淦建议说，你在楼下路旁竖立一个大牌子，写明是党委办公室，或装一个大灯箱，尽管大一些，只要城管局不管，我都没意见。

陈惠芬笑一笑说：“现在不用了。”

的确，现在不用了，因为党组织的作用，已经无处不在。

她只是在办公室门口，挂了一块普通的铜牌。虽然只有一平方尺大小，却是真正的金字招牌，在全公司的每一个员工心底闪亮！

……

陈惠芬的办公室越来越大了，而董事长的儿子，现任总经理吴传彬，至今也没有单独办公室，仍然与两个助理在一起办公。

王安的世界电脑帝国，只持续了十年时间，便黯然收场。

其中教训，不仅是王安本人的，也是中国特色的。在与国际市场对接时，我们需要的不仅仅是高于常人的智慧，更需要的是先进的管理经营理念。

高科技在日新月异地变化着，故步自封就等同于失败。

鼎盛时期的王安电脑公司，占领了全世界的办公电脑，却忽视了一个更廉价更有前途的机会，那就是个人电脑。

这种产业方向的失败，使得王安公司很快失去了优势，使得这个庞大的帝国失去了一个千载难逢的好机会，从而在短短的时间内，一泻千里，訇然倒塌。

比尔·盖茨说，如果王安能够完成他的第二次战略转折的话，世界上就没有今日的微软公司，“我可能就在某个地方成为一位数学家，或一位律师。”

1990年3月，就在沪士公司落户他的家乡之时，王安在美国麻省总医院病逝。

26. 东北一家人

● 凌晨，一阵“茉莉花”手机铃声骤然响起：一名东北籍青年员工发生意外，不幸死亡！

● 死者母亲握着陈惠芬的手，哭着说：“陈书记，世上还是好人多！”

2010年8月的一个凌晨两点，一阵“茉莉花”的手机音乐骤然响起。

陈惠芬立马拿起电话，心里怦怦直跳。

果然，制造车间一名副经理紧急报告：一名东北籍 28 岁青年员工，在操作中发生意外，不幸重伤，生命体征基本消失，已被送往昆山市人民医院抢救。

她大惊失色，马上起床，赶往医院。

伤者已经死亡！

这是沪士公司历史上第一次出现工亡事件。

吴礼淦和吴传彬父子都是台湾人，原本就不太了解大陆的人情事故，现在遇到极端恶性事件，更加惊慌，只得再次把这一艰巨任务抛给陈惠芬。

刻不容缓！ 陈惠芬马上安排购买寿衣，送往殡仪馆，并迅即通知家属。

当天晚上，亡者叔叔就赶来了。 第二天，亡者父母和十数名亲戚也陆陆续续到达。

东北人群情激奋，指着陈惠芬的鼻子，大骂。

她能体谅对方的情绪，帮助这个愤怒的人群订房间、搬行李、买水果，又陪着他们吃饭。

更让她吃惊的是，死者父母年老多病，儿子是他们的唯一依靠。 儿子突然离去，他们从遥远的东北赶来，目的就是最后看儿子一眼。

是啊，死者是他们的独生子，还没有结婚，作为父母，心情可想而知。 最让人担心的是亡者母亲，患有严重的脑肿瘤，像一枚炸弹，一旦刺激，极易现场爆炸。 如果子母双亡，出现两条人命，结果更加不堪设想。

愤怒的家属们质问："你能不能代表公司？"

"能！"陈惠芬说。

"你能不能处理好？"

"我尽全力！"

"告诉你，如果你处理不好，再把老太太气死，我们就打死你！"

如何让患有脑瘤的老太太安全地看望一下儿子的遗体，这是陈惠芬的当务之急！

亡者的遗体在郊外的殡仪馆，距离医院很远。母亲在看到遗体后，极容易情绪激荡，出大事怎么办？

陈惠芬突然想到每年市里召开人代会时有救护车停在旁边，便向医院提出派一辆救护车护守。院方告诉她，没有先例。

再寻对策。最现实的方法是，如果出现危险，可马上拨打120，就近抢救。

但病人患有脑瘤，病来如山倒，抢救不及怎么办？

她又想到一个朋友在昆山人民医院担任领导，便马上登门求救。对方说，可先把病人全面检查一下，做一套心电图、脑电图。

全面检查后，老太太的身体状况果然危险。

陈惠芬马上安排住院、用药，并试图劝阻老太太不要现场看望遗体："你的身体不好，如果病倒，你的儿子走得也不安心。"但执意的母亲，誓死前往。

她只得央求医院，特派一位医生，携带急救包和氧气袋，进行一级护理。

亡者母子相见的时刻，是陈惠芬有生以来从未有过的胆战心惊。亡者遗体从太平间推出来了，颤抖的母亲哭成了泪人，浑身摸遍，嚎啕大哭。陈惠芬在一旁，轻轻劝慰，轻轻劝慰，紧张得心脏快要从嘴巴里跳出来了。

10 分钟后，遗体推回去了。

万幸，没有出现意外。

接着就是谈判赔偿。

对方提出 100 万。

吴传彬一下子脸色煞白。

对方又提出，按动车死亡标准赔偿：90 万。当时，震惊海内外的"温州动车事件"刚刚处理完毕，死亡者赔偿都是这个标准。

但这次工伤事故毕竟不同于彼，且双方都有责任。

陈惠芬是工会主席，更是一个母亲，她理解受难家庭的剧痛。

这几天，她陪他们吃饭时，都去东北餐馆。他们吃得舒服，火气也渐渐地消释了。

而陈惠芬，连续地失眠，面部浮肿，牙床发炎，眼睛红红。

谈判一个星期。

最后，沪士公司按内部最高标准，决定赔偿 80 万。陈惠芬又召开工会会议和福委会会议，决定再赔 5 万。这样，两者相加，共 85 万，基本达到了家属的最初要求。

遗体火化的时候，她要求亡者所在车间休班的全体干部和职工，全部过来吊唁，这一是表示对亡者的尊重，二是起警示作用。

那一天，她哭得格外痛心。看着这可怜的一家人，她又想起了自己的父亲。父亲最疼我，最爱我，可我到沪士工作之后，由于太忙，竟然在父亲生命的最后时刻没有尽到孝心。这一家人远在东北农村，儿子去世后，老两口年老多病，孤苦无依，如何生活下去啊。想着想着，她泪水奔流。

陈惠芬真诚的眼泪，把亡者的亲戚都感动了。

不想，火化后购买骨灰盒时，争议再次出现。

亡者父亲说，我儿子还没有结婚，连新房也没有住上，骨灰盒就是他永远的房子。他坚持要购买最高档的骨灰盒，售价 2 万元。另一部分亲戚随声应和，竭力赞同。

而这时，家属分成了两派。更多的人已经开始同情陈惠芬。亡者叔叔说，公司已经仁至义尽，我们不要再给人家找麻烦了。

老太太也说，陈书记这么辛苦，不要再让她为难了。

父亲生气地说，那你们定吧。

最后，按惯例购买了一个普通骨灰盒。

临别时，陈惠芬买来一个拉杆箱，送给亡者父亲：“不要抱着骨灰盒，不方便，也不吉利。放在箱子里，拉着走。”

死者母亲，那位身患脑瘤的老太太，握着陈惠芬的手，哭着说：“陈书记，世上还是好人多！”

……

27. 我是昆山人

● 李明贵，通晓大陆特色，融入大陆文化，已经是一个地地道道的昆山人了。

● 渐渐地，吴老板对台湾的感情也发生了变化，过去是“回台湾”，现在则变成了“去台湾”。

从沪士公司选址昆山开始，副总经理李明贵在此生活了20多年。

他在大陆结婚，夫人即是东北人。三个孩子都在昆山上小学、中学甚至大学。他的大女儿，更是直接考入北京大学生物系。

李明贵早已喜欢上大陆的文化和生活。平时，他在大陆各地联系业务时，最喜欢游览名胜古迹。大陆文化的深厚，是台湾思维永远不可想象的。晚上的时候，他常常穿着短裤和拖鞋，在娄江边散步。晚风徐徐，鳞波闪闪，他感到了故乡般的舒适。

李明贵早年曾加入国民党，在大陆时间长了，很少回去，也没有参加国民党的任何活动，便被视为自动脱党。近几年，有人动员他重新加入。他想一想，说，不入了，如果再入党，我就在大陆加入共产党。

李明贵经常对陈惠芬说，你们共产党的“党部”真是发挥作用！共产党的政治思想工作，真是天下第一，把看不见的能量全部激活了，化虚为实，无中生有。

2008年，李明贵成为昆山市劳模，并获得江苏省“五一劳动荣誉奖章”。

2011年10月25日，李明贵的岳母突发脑溢血，被送到昆山人民医院。

病情恶化！

陈惠芬马上赶到，紧急商议转院，送往最近的苏州九龙医院。

手术成功，病人醒来。但是，最担心的事情还是不幸发生了——术后感染！病情深度恶化，陷入崩溃。医生摇头叹息，无力回天。

面对冰凉的结局，李明贵明白病人的遗愿：回到家里，与老宅告别，与亲人告别。

但按照相关规定，病人在医院病逝后，遗体必须送往殡仪馆！

怎么办？

李明贵和陈惠芬与院方商量，病人现在尚未离世，在没有宣布死亡之前，可以回到家里继续治疗。

这是一次中国特色的合情合理的变通。

于是，他们把病人抬回家里，连同医疗设备。

回到家后，病人安然归天。家属按照当地风俗，把门板拆下，将遗体装殓后，放置上面，摆设灵堂，恭请亲朋好友告别、吊唁。

李明贵，已经通晓大陆特色，已经融入大陆文化。

他，已经是一个地地道道的昆山人了。

不仅李明贵，吴礼淦亦是如此。

从台湾到香港，又从香港到大陆，这些年来，企业规模越来越大，销售收入超过 30 亿，已进入世界同领域二十强。人生事业这般顺畅，是他从来没有想到的。

吴老板，实实在在是叶落归根了。

2007年，他把在台湾的企业股份全部出售，全身退出，将全部资产转移到昆山。

2011年11月，他决定投巨资，在湖北省黄石市再创一家同等规模的电子企业。他有两个儿子，一个在昆山，另一个安排在黄石。

渐渐地，吴老板对台湾的感情也发生了变化，过去是“回台湾”，现在则变成了“去台湾”。

而那位文质彬彬的总经理吴传彬，在2010年春节来临之际，别出心裁地给陈惠芬写了一封信，真情满纸：

书记：

沪士电子能有今天的成就，要感谢党改革开放的大环境和员工们的努力与贡献。

谢谢你，作为这个关键枢纽所起的作用！

希望我们能一起为民族的崛起和社会的和谐发展做出贡献！

祝新年快乐！

吴传彬

2010.2.8

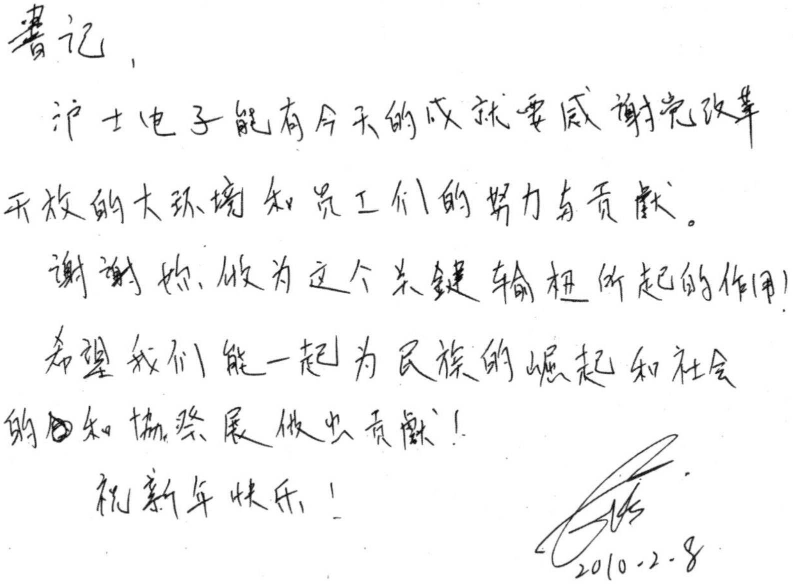

书记，

沪士电子能有今天的成就要感谢党改革开放的大环境和员工们的努力与贡献。

谢谢妳做为这个关键轮扭所起的作用！

希望我们能一起为民族的崛起和社会的和谐发展做出贡献！

祝新年快乐！

2010-2-8

沪士电子有限公司总经理吴传彬先生写给陈惠芬的亲笔信

28. 女儿的心事

● 陈惠芬说："倩倩，是不是遇到心上人了？"

● 宝贝儿，我的肩膀不宽，但能容你依靠；我的心房不大，但能容你休息。

“陈妈妈，我有点儿事情，不知道怎么给您讲？”

“倩倩，是不是遇到心上人了？”

范冰倩羞红着脸，低下了头：“我想请您看一看。”

“好啊，我是要看看，是谁打动了倩倩的冰心？”

……

范冰倩来到昆山工作已经好几年了，每次春节放假，从来也不曾回去，而是主动要求加班，留在昆山。

因为这里有亲情，有陈妈妈！

去年冬天，天气猛然降温，人们猝不及防。陈惠芬为她买来毛毯、皮靴、羽绒服和棉衣棉裤。看到别的年轻人且行且音乐，便又给她买了一个 MP4。

范冰倩从记事时起，父母从来没有给过压岁钱。而陈妈妈，每年都会给一个红包，500 元，或 800 元。

而她，拿什么奉献给陈妈妈呢？

每年五月的第二个周日，是母亲节。她都要送上一束康乃馨。送别的，陈惠芬坚决不要：“你还小，你还要成家呢。”

所以，她只有加倍努力地工作，加班。

有时候，幸福就像一只翩飞闪转的蝴蝶，当你刻意追逐时，筋疲力尽，难以到手；但是，当你安静地坐下时，它却悄悄地降落在你的肩头上。

范冰倩同车间里有一个小伙子，浙江省长兴县人，1989 年出生，2010 年从江西省职业技校机电一体化专业毕业，在生产线上担任技术员。

他们工作在一条流水线上，生产汽车电路板。每天相见，却不相知。有时候，相视一笑。后来，下班时，一起吃饭。都是外乡人，穷家孩子，心逐渐走近了。

后来，两人在旅游中进一步相熟，感情升温。

宝贝儿，我的肩膀不宽，但能容你依靠；我的心房不大，但能容你休息。我要尽我所能，给你一个最幸福的未来。

姑娘的心，醉了。

2011年，国家统计局统计：非公有制经济在整个国民生产总值中的比重是53%。其每年平均增长速度为21.6%。

29. 共同成长

● 他们三个人，都是共产党员，都是打工者，现在都已成为公司重要部门的负责人。

● 全世界每两台笔记本电脑，就有一台产自昆山。

这几年，柏伟在悄然成长着，从一个普通会计，成长为课长、副经理，再到沪士电子有限公司财务部经理，成为本公司大陆员工中第一个经理级高管。

2007 年 7 月，柏伟成为一名正式党员，一年后担任公司党委委员。

她的工作也越来越忙碌了。

2010 年，沪士公司准备上市，作为财务部经理，作为一个单身母亲，她忙得不可开交，只得把母亲从老家请来，帮助自己带孩子。

那几个月，她很少回家。4 月下旬，她到北京证监会，最后一次审核上市有关资料，俗称“过会”。

正当这个关键时刻，女儿病了，阑尾炎发作，在电话里哭得嗷嗷直叫。母亲是外地人，对当地医院不熟悉。这个时候，又是陈惠芬，马上安排到医院住院。

陈惠芬打来电话，告诉她已经安排好全部的手术事宜，尽管放心。

柏伟在北京，专心准备上市。

2010 年 4 月 25 日中午，陈惠芬的手机上出现一条短信：过会成功！

而一个小时后，柏伟的手机上也显出一条短信：手术成功！

陈惠芬和柏伟，昆山和北京，隔空相庆。

这一年 8 月 18 日，“沪电股份”股票在深圳证券交易所，成功上市。

这是昆山市第一家在大陆上市的台资企业！

制造处镀铜车间操作员胡慧安的创新配方，已经成为公司标准，正在全面推广。

2013 年 5 月，陈惠芬积极呼吁和申报，台资企业员工胡慧安成为“江苏省五一劳动奖章”获得者。

这一年的“七一”，小胡成为入党积极分子。

胡慧安是浙江省衢州市龙游县人，职高毕业，1996 年进厂。

他说：“我 17 岁到昆山，到这里已经 18 年了。在昆山比在家乡生活的时间还要长，而且，我在沪士公司，有住房，有高薪。这里就是我的家！”

作为台资企业，沪士公司的高管阶层，大都是台湾人，俗称“台干”。

但是，这些年来，由于两地的融合，由于大陆员工的勤勉努力，先后有三人跻身高管。除了财务部经理柏伟，还有制造处处长万军和业务处处长张进。

他们三个人，都是共产党员，都是打工者，经过十多年发展，都已成为沪士公司重要部门的负责人。

沪士电子有限公司在 2010 年上市后，发展更为迅速。

2010年10月22日，时任中共江苏省委常委、组织部长石泰峰来沪士集团指导工作。

如今，公司总投资额达8亿美元，现有员工6800多名。公司主要生产各种软、硬印刷线路板，年生产能力达180万平方米，产品主要销往美国、台湾等国家和地区，与众多国际知名企业配套，已经跻身国际同类企业二十强。

昆山，也在成长着……

从1995年开始，全球排名前五位的笔记本电脑生产商，陆续在昆山设厂。配套厂商也随之进入，一条基本完整的笔记本电脑产业链迅速形成。

由于1000多家配套厂商辐射在生产企业周围，30分钟的车程就可以完成大到液晶面板，小到一根内置天线、一张产品说明书等80%的笔记本配件采购，这样产业链上大大小小的企业都大幅节省了库存成本和运输成本。10分钟，一台笔记本电脑就可以组装完成。4天时间，一笔10万台的订单就可以交货。

借鉴台湾电子产业发展经验，昆山从电子基础材料、覆铜基板、印刷线路板、电子显示器，逐步向笔记本电脑、数码相机、手机整机延伸，再向上游TFT－LCD显示面板和芯片生产发展，已经形成完善的IT产业链。

到2010年，昆山已成为全球最大的笔记本电脑生产基地。

全世界每两台笔记本电脑，就有一台产自昆山。

30. 尾牙故事多

● 员工们高声尖叫，喊声一波高过一波。有的冲着奖品，有的冲着美女。

● 小姑娘高兴得哭了，她没有想到，昆山，竟给自己带来如此的幸运。

年底尾牙，早已成为沪士企业文化的重要组成部分。

每到这个时候，便是沪士公司职工的精神狂欢。

每次尾牙，公司除了发放每人150元的餐费补助，还要拿出100多万元现金，购买奖品，请全体员工参与抽奖。中奖面达到80%。

尾牙活动的摸奖现场，一切在按部就班地举行。各级主管、党员模范轮流上台摸奖。摸奖间隙，穿插几个舞蹈，几个小品。

台下的员工们，高声尖叫，喊声一波高过一波，规模越来越大。有的冲着奖品，有的冲着美女。

2013年春节的尾牙活动，在君豪大酒店三楼宴会厅举行。公司拿出124万元，现场有1000多个代表参加。这一天，是1月19日中午，星期六。

本次摸奖设置了现金，分别为一等奖2万，二等奖1.8万，三等奖0.8万元。另外有彩电、电脑、手机、微波炉等等。

老板、老板娘、总经理、副总经理等轮番上台摸奖，在电脑上点击。

每一个员工都有工号。每一次点击，中奖者的工号和姓名，便会自动跳出来。

有的中奖者就在现场，马上就兴奋得冲上台去。而一部分中奖者，并不在现场，由主管或班组长代领。

制作部一个刚刚上班的陈姓大学生，第一次参加尾牙，就中了一等奖——2万元。

这个来自北方的农村小姑娘高兴得哭了。她万万没有想到，昆山，竟然给自己带来如此的幸运。

一台大日立彩电的得主，是另一个女孩子。可这个女孩子回家了，不在现场，也打不通电话。

大彩电放置在一旁，大家十分羡慕。有人写一个小纸条："卖给我吧，给你多少钱成交？"并留下电话号码。

另有人写道："卖给我吧，你说多少钱都行！因为这台彩电，代表幸运！"

……

而这时的陈惠芬，悄悄地坐在远处，看着别人的幸福，静静地观赏着，甜甜地微笑着，像是嘴里含着一块糖。

别人不知道，她却在悄悄地融化着、享受着……

陈惠芬的桌上，常年放着一盆茉莉花。

茉莉花原产于中国江南以及西部，现广泛栽植于亚热带地区，有单瓣、重瓣、单叶、复叶之分，叶色翠绿，是国人居家常见的观赏花卉。

茉莉花为人间第一香。每年 5 至 10 月，陆续开花。花色以乳白为主，花香淡雅，袅袅娜娜，沁人心脾。其高洁之状，让人浮想联翩。

江苏是茉莉花种植最广泛的省份，而国人耳熟能详的《茉莉花》，更是一首最能代表东方韵味又风靡世界的中国民歌。

第六章

鱼水之乐

陈惠芬

采访的时候，我在昆山市内乘坐出租车，与司机攀谈。

问到昆山的财政收入，没想到司机随口说道："263亿。"接着又补充道："这是可支配的公共财政，还有600多亿上交国库了。两项加起来就是800多亿，明后年应该能达到1000亿。"

我惊讶于他的经济头脑。

没想到，他又接着说："即使接近1000亿，也才100多亿欧元。一个市的财政收入，还不如人家一个大富豪，比尔·盖茨的个人资产有500亿欧元呢。"

我内心愈发地惊叹了。

我看着窗外，到处是豪车，到处是造型别致的高楼，流光溢彩的商店，商店前一株株少女般秀发飘飘、裙裾飘飘的香樟树……

这是一个流淌着商机、充满着活力的城市！

昆山人搏击商海的精神，恰似天地不怕的孙悟空。

而在《西游记》中，孙悟空有一个著名的身份："弼马温"。这是天宫角落里负责马厩的无足轻重的一个闲散小官，惹得孙悟空一怒之下，打出天门，回到花果山，自封齐天大圣。

其实，这个"弼马温"并非吴承恩凭空臆造。其原型，就是昆山籍著名文学家归有光。

明嘉靖四十四年（1565 年），归有光经过第九次会试，终于考中进士，被任命为长兴知县。完全是巧合，就在归有光上任的第二年，吴承恩被委任为长兴县丞，主管征赋粮马，成为归有光的助手。两个作家型官员配合默契，感情融合。但他们刚正的个性，还是得罪了地方豪强。几年后，吴承恩蒙冤入狱。归有光也难逃其咎，被迁往遥远的北方——顺德府（今河北邢台），任马政通判。这，也是一个只负责马匹的闲职。

吴承恩出狱后回到故乡淮安，在孤贫中构思创作《西游记》，把破灭的人生理想寄托在西天取经的唐僧师徒身上。因自己曾担任马官，而好友归有光受牵连后，也赋闲马厩，郁郁不得志。于是，他的笔下，便出现了一个五味杂陈的"弼马温"。

31. 最幸福姑娘

● 陈惠芬代表女方家长,出席订婚仪式,接过了男方的彩礼。

● 不用说,那一天的范冰倩,是世界上最幸福的姑娘。

2014 年 10 月 2 日,是范冰倩订婚的日子。

订婚地点呢,自然是在男方老家——浙江省长兴县。按照当地风俗,男方长辈要摆酒席、送聘礼,举行隆重仪式。 女方家长呢,是当然的主角。

但是,范冰倩的亲生父母由于路途远,家务忙,不能出席。 陈惠芬几次给范父母打电话,这是女儿的终身大事,希望他们一起来,一起去。 可是,范父母说孩子全托给您了,我们放心,希望陈惠芬代表他们,前往出席。

那一天,陈惠芬找了一部私家车,请龚志荣开车同行。

从昆山到长兴,开车需要三个多小时。

男方家摆了 5 桌酒席,十分隆重。

当着众多亲友,男方父母要向女方送上彩礼。

彩礼，是一个大红包：88800 元。

陈惠芬代表女方家长，郑重地接过来。

在热烈的气氛中，双方缔结婚约。

这一天，陈惠芬也送给范冰倩一个首饰盒，外加一个红包。

不用说，那一天的范冰倩，是世界上最幸福的姑娘。她的心底，满是阳光。

她和男方早已下定决心，在昆山购房，在昆山扎根。

因为这里有沪士，有陈惠芬！ 因为这里，就是她永远的家！

异乡是故乡！

32. 搬迁与阵痛

● 个别员工建立一个 QQ 群，发布不实信息，企图煽动闹事。

● 经过一个多月缜密的调查和协调，陈惠芬费尽心血，终于拿出了一个适中方案。

城市，像一只巨大的饥饿的蚕，将田野这片桑叶一块块地噬食。稻田、竹林、小溪，都消失了……

沪士电子有限公司厂区过去是偏僻的稻田，仅仅二十年时间，便成为市中心。对面就是市政府，相邻皆是家属楼和商业区。

企业规模越来越大，发展空间断绝了。

必须金蝉脱壳，异地发展!

其实，这一步，早在六年前就开始了。在昆山开发区管委会的支持下，沪士公司投巨资，在距离老厂 9 公里的地方，谋划了一个更大面积、更加现代化的生产厂区。

经过几年紧锣密鼓的建造，新厂区终于在 2014 年 10 月完工。

一场空前规模的整体大搬迁，随即开始……

涉及搬迁的员工共 6763 人，还有绝大多数设备。

想想看，这是一个怎样巨大的动作。

矛盾，立时出现了!

客观地说，大搬迁打破了职工原有的工作和生活秩序。他们大都居住在企业周围，这里是市中心，商业、医疗、教育、文化设施齐全，形成了稳定、温馨的生活环境。可现在，要搬迁到 9 公里之外的郊区，这对任何人来说都是难以接受的。

由于受大环境影响，也是为了维护自身的基本权益，大部分职工要求经济补偿。

其中600多人声言辞职，另谋生路。

个别员工更是建立了一个QQ群，发布各种不实信息，抬高补偿数额。

参加者越来越多，大家议论纷纷……

事态如果这样发展下去，员工们大都拒绝签约，执意买断，公司生产怎么办？

压力太大了！

这是一次前所未有的大阵痛！

更是一次前所未有的大考验！

这类事关公司命运的大事，本应老板亲自挂帅，由人事部门组织协调实施。但深知其中利害的吴老板，再次把这个极艰巨的任务交给了陈惠芬，委任她为搬迁领导小组副组长，兼应急小组组长。

陈惠芬，只能担当！

没有别的办法，只有广泛征求意见，尽早出台一个合理合情的补偿方案。

开会，开会，开会……

一个月时间内，陈惠芬召集了无数次会议，参加者包括31名福委会成员，220名党员，210名工会代表，还有部分职工代表。

制造处有3000多个员工，是重中之重。此时的制造处协理——共产党员万军，已经成长为沪士电子有限公司大陆员工中的最高职级。在如此规模巨大且独资的台资企业中，这几乎就是打工者的极限待遇了。要知道，老板吴礼淦的二儿子，也是协理职级。

万军把下属的经理、副经理、课长全部召集起来，先后调查了 1781 人。其中 104 人情绪激烈，坚决索要额外补偿。

的确，员工们提出的困难，具体且现实：大都在老厂区周围购房，小孩在附近读书，早上晚上能够接送；家里老人，也便于照顾。但现在，一切都要改变。而且，路途多出 9 公里，早去晚归，交通堵塞，实在费时。

职工们算账说，开车上班，每月最少需要 600 元汽油费；而且，搬迁过去后，住房问题如何解决？还有很多具体困难，共有几十条。

……

经过一个多月缜密的调查和协调，考虑双方立场，参考相关先例，陈惠芬费尽心血，终于拿出了一个适中方案：

交通费：每人每月补助 700 元。

上下班专设班车；午休有休息房；晚班设住宿房。

餐费补助标准，在原来基础上，每人每月增加 146 元。

更重要的是，对每人进行年资补助。

何谓年资补助？即按到沪士公司工作的年限，进行补助，每年折合 60 元。比如，某员工工龄 10 年，每月便加薪

600 元。工龄 20 年，每月便加薪 1200 元。这部分补助，全部打入底薪。

仅这一项补助，全公司每月增加开支 800 万。

……

在如此优惠的政策下，绝大多数员工同意克服暂时困难，到新厂工作。

但请注意，同意搬迁的，并不是全部员工。

最艰难的，还在后面……

33. 走进新厂

●她累得实在受不住了，瘫倒在办公室的沙发上，连拿起电话的力气也没有了，连张嘴说话的力气也没有了。

●“陈书记，你这些天太疲惫，头发都白了。有困难，我们自己克服吧。”

其中 600 余人，坚决不肯搬迁，提出一次性买断工龄，拿钱走人。若非，就到市政府上访！

他们也有自己的理由：按照有关规定，公司生产中断，或异地重建，员工可以买断工龄，另行就业。

其实，这是员工们一厢情愿的想法：先买断，拿到十几万，或二十多万的补偿款。然后再原地上岗。因为他们清楚，沪士公司正当用人之际，最需要他们。

陈惠芬说，沪士公司是整体搬迁，新址同样位于开发区，不属于异地重建，更没有中断生产。所以，根本不可能买断工龄，重新就业。

但是，她既要站在公司的利益上，又要最大限度地考虑到员工们的合理利益。

陈惠芬再次反复召集会议，反复分析。

每天日日夜夜，苦口婆心，语重心长，喝水、微笑、解释，暗地里却急得拍墙、掉泪。

600 多人，在她耐心细致的思想工作中，逐渐瓦解了。

一个多月后，只剩下 32 人。

不用说，这些人都是实实在在的“钉子户”。他们每天用微信相约，轮流来到陈惠芬办公室，进行谈判，争吵。

一天，陈惠芬正在市里开会，他们频频打来电话。因为不方便接听，陈惠芬请他们等待一下。他们便生气了，直接打起条幅，游行着，向市政府门口走去。市政府就在附近，步行只需几分钟。

龚志荣和几位党员，赶紧跑过去，好说歹说，总算劝回来。

陈惠芬深入车间与员工交谈

其中一位 1995 年进厂的老职工，声言如果去新厂上班，就只上白班，不上夜班。如果能达到这个要求，我就签约。

陈惠芬无法答应。

老职工再提要求："是否可以在原公司周围找一份工作？"

陈惠芬告诉他，没有岗位。

这个员工说："实在不行，我就在你的工会上班，帮你搞卫生吧。"

陈惠芬说："工会很快也会搬过去的。而且，室内卫生由自己打理。”

她太累了，勉强地微笑着。 笑容就像枯干的蒜皮，纷纷扬扬地飘落下来。

……

那些天，陈惠芬吃不下饭，睡不着觉，每天接待、解释，嘴皮都磨肿了。

一天傍晚，她累得实在受不住了，瘫倒在办公室的沙发上，浑身一丝儿力气也没有了。 晚上九点，家人等着吃饭，屡屡打来电话。 但她已经说不出话，连拿起电话的力气也没有了，连张嘴说话的力气也没有了。

听着手机“茉莉花”的音乐一阵阵响起，想着家人焦灼的思念，她勉强爬起来，发出一条短信：“我在办公室，没事，不吃饭了。”

又躺了两个小时。 半夜时分，她独自一人，踽踽而归。

第二天一早，她又高高兴兴地来坐在了办公室。

……

半个月之后的一天晚上，陈惠芬的手机再次响起，是这个老员工的声音：“陈书记，我还是签约吧。 这些天，看着你太疲惫，头发都白了，实在不好意思。 我理解公司，更理解你。 有困难，我们自己克服吧。”

2015 年 12 月，搬迁工作全部结束。

……

34. 找到一把金钥匙

● 沪士职工的旅游路线，越走越远，台湾地区、新加坡、泰国……

● 19 年的努力，陈惠芬终于找到了一把开启非公企业党建工作的金钥匙。

沪士公司的党员，由最初的不足 10 人，发展到现在的 218 人。

每个党员都是一面小红旗，做出榜样，导引群众；每个党员都是一个小火炉，驱散寒冷，给予温暖……

党委会和支委会经常举行，大都在吃饭时间，或午休时间。 大家边吃边说，干脆利索。

职工的旅游活动是定例，只是这些年，越走越远了。2010 年，全体职工轮流去台湾；2011 年，大家集体前往新加坡；2012 年的目的地，则是泰国……

2013 年，他们更是开创了九条线路。 十年工龄以上员工，每人补助 4600 元；459 名 15 年以上工龄的员工，每人除了补助 4600 元，外加一个 5 天的带薪假，还有一枚含金量 7 克的黄金纪念币……

沪士的企业文化和企业精神，正在一步步地发生着精彩的蝶变！

最近，中共沪士电子有限公司党委召开了一次党委会，龚志荣当选为党委纪委书记，五个党支部也进行了优化调整。

她已经 60 多岁了。但她的身后，已是一片绿翠翠的丛林。

绿翠翠的树丛间，是一颗颗红红的果实。

那是一颗颗成熟的果实，更是一颗颗成熟的心……

非公企业，特别是台资企业，追求的是利润最大化。

但陈惠芬认为，追求利润最大化与党建工作根本不矛盾，而是相辅相成，就像物质文明和精神文明的关系。“企业发展了，员工才能得到实惠；员工的利益得到维护，企业的发展才会有动力和保障。”

陈惠芬说：我们的关系不是对立，而是融和，共同联手，为国家、为出资者、为打工者多做贡献，目标完全一致。

19 年的艰苦探索，陈惠芬终于找到了开启非公企业党建工作的金钥匙：搞好党建，会大大提升企业的竞争力和利

润率。反过来，企业发展了，又大大提升党的形象，拓展党　执政范围，巩固党的执政基础。

是的，正是由于有了以陈惠芬为代表的党的基层工作者，这些大大小小、形形色色的非公企业们，虽然体制不同，经济成分不同，但在思想上，文化上，已与这片土地融为一体，从而愉快地融入大陆经济的大家庭。

就像一棵棵小树，适应了水土，长成了大树，长成了树林。不管是什么树种，一片松树林，一片樟树林，一片杨树林，一片桃树林，尽管品种不一样，果实不一样，颜色不一样，价值不一样，但都是林木，都是林果。她们并肩携手，共同染绿土地，净化空气，提供氧气，为这片土地，为这个国家，为这个民族服务……

据官方统计：目前，中国大陆非公有制经济已成为社会主义市场经济的生力军，产值占国内总值的60%，税收超过50%，80%以上的城镇就业、90%以上的新增就业岗位由非公企业提供。新社会阶层人士大量分布在非公企业；而且，到非公企业从业的大学毕业生等高知识群体更是越来越多……

仅在人数上，非公企业职工已占据中国大陆工人队伍的70%以上。

在非公企业领域加强党建工作，日益重要而紧迫！

而据统计，目前已建起党组织的非公企业只占非公企业总数的21.2%，尤其是规模以下企业，只占15.1%。

是的，中国大陆最大的群众基础有两个，一个是非公企业，另一个便是互联网。

如果能把这两项工作做好，则社会稳定发展矣！

昆山小城，也曾是天下文魁。

中学时期，我曾醉心古文。纵马寻芳，遍览众家。

司马迁、韩愈、柳宗元和苏东坡等大师巨匠，妙则妙矣，但如观日月，如望岱岳，巍峨险峻，雄奇高邈。而读归有光，则如遇旧友，如闻乡音，身心俱生感应，麻麻辣辣，犹如触电。

我想，这一方面因为归文多写生命兴衰，凄婉叹息，更主要的是其真情自然，直抵心窝，既有沧桑的悲凉，又有秋熟的静美。

我不禁感叹，文学是通神的，更是通人的，要有烟火气，要有人情味，要有佛祖心，天然成态，不事雕饰，如花开，如水流，如鸟鸣，如春风秋雨，如夏雷冬雪，最丰富最浑厚，却又最和蔼最慈祥。

这，才是真正的性灵文字，才是散文的至高境界！

也许正是因此，文学史家已经公认，归有光的散文是“明文第一”。

阳春三月的一天晚上，我在采访陈惠芬之后，踩着浓稠的夜色，专程拜谒先生。

先生之墓，位于昆山城内的娄江北岸。那是一片精致的公园，清水依偎，香樟环护，小丘如山，幽静肃穆。

夜深无人，四野寂然，我蹑手蹑脚地行走着，惟恐惊扰了正在酣睡的先生。一阵风来，窸窸窣窣，似乎又是先生轻轻的读书声，叹息声。我默默肃立，双手合十，深深三躬，以心香一炷，拜祭先生。

恍然间，感觉四下亮白，天地温馨，芳香四溢，如进学堂，如临幻境。

抬头仰望，朗月高悬，明净如玉，宛若先生的笑脸，仿佛先生的问候。

我知道，那是先生的辉光，那是文学的辉光，那，也是昆山的辉光！

35. 茉莉之春

● 昆山是名副其实的“天下第一县”，经济总量连续十几年在中国大陆百强县（市）中排名第一。

● 陈惠芬笑了，笑得像一朵绽开的茉莉花，像江南三月明媚的春天……

前些天，陈惠芬当奶奶了。她家里添了一个小孙女。

满月的那一天，老板吴礼淦来到她的办公室，抱拳，恭喜，并奉上一个沉甸甸的红包，里面装着800元新崭崭的现金。

陈惠芬婉言谢绝。

吴老板真诚地说，这是他和夫人的心意，代表着吉祥和祝福。非为工作，确系私谊。而且，这是他在大陆送上的第一份大额人情。

的确，这是陈惠芬到沪士公司上班19年以来，吴老板送上的第一个红包。

而吴老板的儿子，总经理吴传彬，则特意委托夫人从香港买来一套婴儿衣服，并发了一条短信：

“恭喜书记荣升祖字辈！ 祝小公主健康成长，也希望再接再厉，趁政策松绑的大好形势，好事成双，组成一个‘好’字！”

……

中国大陆九分之一的台资企业集中在昆山。

昆山，作为苏州市下辖的一个县级市，东依上海，西连苏州。

昆山经济技术开发区位于昆山市城区东部，创始于1985年，1991年被江苏省人民政府列为省重点开发区，1992年经国务院批准成为国家级开发区。

三十年来，昆山人抓住发展机遇，率先推进开发区建设，大力发展外向型经济和民营经济，闯出了一条率先发展、科学发展、和谐发展的昆山之路，形成了“开放、融合、创新、卓越”的城市精神。

昆山，以中国大陆0.05%的人口，创造了0.4%的国民生产总值；以中国大陆0.01%的土地，吸引了0.17%的外资；进出口额占中国大陆总额的0.24%。

正是有了昆山经济技术开发区的强力支撑，昆山市的综合经济实力连续十数年名列中国大陆百强县(市)之首，成为地方经济的最亮点！

据统计，昆山市经济结构中，98%是非公企业，其中，80%是外资及台资企业。而这些企业中，台资又占70%。

这里有3000多家台资企业，约10万台胞。

2013年5月，陈惠芬与沪士集团负责人吴传彬等参加职工运动会。

还有数不清的台湾小商人，数不清的台湾特色商店、饭店和茶店，在这里扎根。

昆山，素有“小台北”之称。

在这块古老而又年轻的土地上，到处绽开着神秘的花，孕育着梦幻的果。

太湖的来历，众说纷纭，有海退说，陆沉说，还有大雨说，陨石说。不管如何，亿万年来，这片2300多平方公里的水域，是天地间一汪神秘而又澄澈的圣水。

太湖是一片碟型水域，虽然平均水深只有 2 米，却也浩浩淼淼，一碧万顷，吞吐日月。她的众多支流，更是织就了江浙地区密密麻麻的水网，直通每一座城市，每一簇村镇，每一条街道，每一户门庭，乃至每一个人的肠胃和血脉。

其实啊，太湖就是一位丰盈的母亲，哺育着江浙大地，发酵了妩媚多姿的吴越文化。

作为太湖的女儿，娉娉袅袅的娄江，宛若一只温润的玉臂，轻轻地挽着她的情郎——剑眉星目的昆山。

海、洋、江、河、湖、泊，这些水的别称雅号，我们都已耳熟能详。但在昆山，还有许多关于水的更显个性、更见风韵的称谓，比如：荡、氿、渚、渎、浜、涧、港等等，各有所指，各得其意：有块状的，有条状的，有动态的，有静态的，有南北向的，有东西向的。可见，精灵的水分子，已经浸透了吴文化的所有细腻。

昆山街道两侧的路上，遍植青青翠翠的香樟树，一团团，一簇簇，依依弄风，像一个个披肩发的青春少女，那么温馨，那么芳香，那么安谧……

鸽子在天空中轻盈地盘旋着。亮丽的哨音，在暖香的阳光中，斑斑驳驳地闪烁着，使你的眼睛不由自主地眯拢起来，细细地打量着这时间的倩影，品味着这日子的滋味儿……

陈惠芬的办公室里，那一盆茉莉花，依然灿烂，默默地弥散着一缕缕芳香。

生活如此美好!

陈惠芬也笑了，笑得像一朵绽开的茉莉花，像江南三月明媚的艳阳天……

(定稿于2016年3月30日)

后记
好一朵茉莉花

是的，陈惠芬是一位普通女人。

1996年，她开始担任昆山市一家大型台资企业的党组织书记。在这个特殊的岗位上，她以自己的忠诚、智慧和耐心，进行着真诚的探索，为非公企业党建工作走出了一条新鲜的路子。

与陈惠芬接触，第一印象，这是一个好大姐！

她时时给人一种温馨的感觉。生活中，她处处关心人，照顾人，为对方着想。工作上，她有原则，有思路，有办法，循循善诱，春风化雨。

与这样的人在一起，你会感到工作的信心，生命的明朗，不得不心生温暖，不得不心生敬佩，不得不自觉地听从她，跟着她……

为什么会这样？

她没有把党的信念理论化，刻板化，宣传化，玄虚化，而是形象化，生活化，平常化，像月光的温柔，像茉莉的芬芳……

是的,在她身上,并没有轰轰烈烈的故事,全都是生活中、工作中的小事、细事,但都是你我身边真实的、现实的故事。

她就是最普通的爱。

她就是最基层的党!

所以,我在写这本书的时候,一直思考着用什么样的标题。江苏人民出版社的韩鑫大姐说,就叫《茉莉芬芳》吧。茉莉是江苏的省花,那种醇香,有一种说不出的美,淡而静谧,淡而醇厚,淡而亲切,恰如陈惠芬的性格和作风。而且,她的名字里,就带有一个字“芬”,芬芳的芬。

是的,她的娴静,她的微笑,她的芬芳,就像一朵茉莉花。

于是,我就写一写陈惠芬的芬芳故事……

如果我们的基层党员干部都能够如此地工作,那我们党的形象该是多么美好啊,我们党的肌体该是多么康健啊,我们党的力量该是多么充盈啊。而,我们每一位党员,原本就应该如此工作啊。

愿陈惠芬的温馨故事,芬芳全国!

图书在版编目(CIP)数据

茉莉芬芳:台资企业的党委书记/李春雷著. --南京:江苏人民出版社，2016.7

ISBN 978-7-214-19282-0

Ⅰ.①茉… Ⅱ.①李… Ⅲ.①报告文学—中国—当代 Ⅳ.①I25

中国版本图书馆 CIP 数据核字(2016)第 170029 号

书　　名	茉莉芬芳:台资企业的党委书记
著　　者	李春雷
责任编辑	徐　海
责任校对	石　路
装帧设计	许文菲
出版发行	凤凰出版传媒股份有限公司 江苏人民出版社
出版社地址	南京市湖南路1号A楼,邮编:210009
出版社网址	http://www.jspph.com
经　　销	凤凰出版传媒股份有限公司
照　　排	江苏凤凰制版有限公司
印　　刷	南京天德印务有限公司
开　　本	652毫米×960毫米　1/16
印　　张	12.25　插页1
字　　数	120千字
版　　次	2016年9月第1版　2016年9月第1次印刷
标准书号	ISBN 978-7-214-19282-0
定　　价	28.00元

(江苏人民出版社图书凡印装错误可向承印厂调换)